Jula Ruman
Ruf aus der Dunkelheit

Zu diesem Buch

Als Lydia ihre Großmutter Maria in Nürnberg besucht, wird sie ungewollt in eine Geschichte verwickelt, deren Anfang lang zurückliegt. Ein Liebesbrief eines längst Verstorbenen, und die seltsamen Stimmen in einer leerstehenden Villa stürzen die beiden Frauen in einen Strudel längst vergangener Ereignisse. Das verwilderte Anwesen zieht Lydia an, aber birgt auch ein dunkles Geheimnis. Die Nachwehen einer unerfüllten tragischen Liebe reißen sie in einen Sog aus Begehren, Hass und Schuld. Viel zu spät bemerkt sie, dass in dem Haus nicht nur eine Seele gefangen ist, sondern auch Schande. Und dann ist da noch Alex, dessen rationaler Verstand eine Stütze ist, der ihre Gefühle aber durcheinander bringt.

Jula Ruman

Ruf aus der Dunkelheit

Roman

Deutsche Erstausgabe

Copyright © 2011 Mirka Sardi
Herstellung und Verlag:
Books on Demand GmbH, Norderstedt
ISBN 978-3-8391-8341-0

Dieses Buch ist meiner Großmutter gewidmet,
die schon immer ein Faible für schaurig schöne Geschichten hatte.

1. Kapitel

5. Juni 1904

Einfallendes Tageslicht wärmte das Gesicht der jungen Frau hinter dem breiten Erkerfenster eines prächtigen Wohnhauses mit steilem Fachwerkgiebel. Margarete blickte verträumt hinab auf die gegenüberliegende Straßenseite. Ihr Blick flog hastig über die Häuserreihe aus prächtigen, schmalen Patrizierhäusern, deren Fassaden sich in Schönheit und Kunstfertigkeit nichts nachstanden. Sie schob die weißen, duftenden Vorhänge beiseite und neigte den Kopf ganz nah zum Fenster, damit sie den Salon der Schneiderin Marie sehen konnte, einen Schauplatz der Eitelkeiten und Zurschaustellung. Dort warteten bereits herrliche Kleider auf sie. Es war später Morgen, und Sonnenstrahlen durchbrachen die graue Wolkendecke nach dem kurzen Regen. Nur ein glänzender, nasser Film lag noch auf den kopfsteingepflasterten Wegen.

Ruckartig drehte Margarete ihren Kopf wieder in den Raum und blickte zu ihrer Cousine auf dem Sofa. „Es regnet nicht mehr! Jetzt müssen wir nur noch auf Mutter warten. Wo bleibt sie denn?" Margaretes bernsteinfarbene Augen leuchteten aufgeregt. Das natürliche Strahlen ließ ihre Augen größer erscheinen. In dem kunstvollen Haarknoten aus dicken, dunklen Haaren, der den eleganten Schwung ihres Nackens betonte, steckten glänzende Perlen. Ihre Toilette bestand aus einem fliederfarbenen Tageskleid, der Glockenrock bedeckte die Füße und lag schleppend vorne und hinten auf dem Boden auf. Bei der kleinsten Bewegung hörte man das verräterische Rascheln der steifen Unterröcke. Sie ging tänzerisch zwei Schritte auf das Sofa zu, breitete die Arme aus, als wartete sie auf einen Tänzer. „Mach ich das gut?"

Ihre Cousine Annette verfolgte kichernd das Spiel vom Sofa aus. Als Margarete ihre feingliedrige Hand auf ihren Hals legte, was sie stets in einem Zustand der Erregung zu tun pflegte, berührte ihr Finger die in Form einer

Blume gefertigte Brosche am Kragen. Sie lächelte, ohne dass sich ihre Lippen öffneten. Ihr Finger berührte noch einmal flüchtig die vergoldete Fassung der Brosche, die das zarte Rosenquarz umschloss wie in einer innigen Umarmung. „Annette, ich bin ganz aufgeregt. Ob wir mit unseren Tanzkleidern alle anderen ausstechen werden? Das werden wir wohl nie erfahren, wenn Mutter nicht bald zurückkommt. Was macht sie denn so lange bei Tante Valerie? Wir müssen unsere Tanzkleider anprobieren." Margarete legte die Stirn in Falten, als könnte sie die Unpünktlichkeit ihrer Mutter nicht begreifen, doch schon im nächsten Moment bewegte sie sich zu einer kleinen Melodie, die sie mit entrücktem Blick summte.

Die Vorfreude und die damit verbundene Unruhe hatte nun auch Annette gepackt. „Und ich kann es gar nicht erwarten darin zu tanzen. Wenn ich einen Verehrer finde, der mit mir tanzt?" erwiderte Annette, gesegnet mit einer glänzenden Fülle rotblonden Haares, einer hübschen Stupsnase und heller, feiner Haut. Sie erhob sich mit einem ziemlich undamenhaften Sprung. Impulsiv griff sie nach Margaretes Händen. „Aber dein Kleid wird das Schönste sein! Morgen werden wir tanzen, wie wir noch nie getanzt haben in unserem ganzen Leben!" sagte sie euphorisch und drehte sich wie im Tanz einmal um die eigene Achse.

Ein blauer Wagen hielt vor einem breiten, zweistöckigen Haus mit weißen Fensterläden in einer Ortschaft, die das Idyll einer abgelegenen, hektiklosen Vorstadt von Nürnberg perfekt wiedergab. Aus dem alten Golf stieg eine Frau in Jeans und Pullover, etwas zu leicht bekleidet für das noch recht kühle Aprilwetter. Sie schien keine Eile zu haben, denn sie ließ ihren Kopf langsam über die Straße wandern, bevor ihr Kopf wieder im Wageninneren verschwand. Mit einer Hand suchte sie im Handschuhfach nach ihrem Handy, das sie in ihre Hosentasche steckte. Dann schloss sie den Wagen ab und marschierte energischen Schrittes durch den Garten ihrer Großmutter, brav den mit Steinplatten ausgelegten Weg folgend.

Vor der Eingangstür im Hochparterre befand sich eine überdachte Veranda, die über einen Stufenaufgang zu erreichen war. Auf dem gefliesten Verandaboden waren ein Dutzend Terracotta-Blumenkübel verteilt, aus denen wuchernde Pflanzen schossen. Amüsiert strich sie mit der Hand über die jungen Pflanzen, die schon Blüten trugen, wenn auch zaghaft. Ihre Großmutter war eine große Hobbygärtnerin - zweifellos hatte sie einen grünen Daumen. Ehe sie die Gelegenheit hatte zu klingen, öffnete sich die Tür, zwei kräftige Arme schossen hervor und drückten die junge Frau an eine üppige Brust, begleitet von euphorischen Ausrufen. Der Körper der alten Dame war selbst noch mit siebzig Jahren kräftig, fleischig und stramm.

„Lydia, wie schön, dass du da bist. Ich schaue schon seit einer Stunde aus dem Fenster. Bei jedem sich nähernden Wagen bin ich zum Fenster gerannt. Ich konnte es schon nicht mehr erwarten", erklärte ihre Großmutter Maria und drückte Lydia noch einmal fest an sich.

Beim Anblick ihrer Großmutter weiteten sich Lydias Augen freudestrahlend, da die alte Frau in so guter Verfassung schien. Gerade als sie ihren Mund öffnete, um ihre Verspätung zu erklären, kam ihr Maria wieder zuvor. „Mein Liebes, warum hast du so lange gebraucht? Na ja, ist ja auch egal, du bist ja jetzt hier!"

Marias große Freude bereitete Lydia ein schlechtes Gewissen, da sie in der Vergangenheit viel zu selten bei ihrer Großmutter vorbeigeschaut hatte, doch in diesem Augenblick gelobte sie Besserung in jeder Hinsicht. Das weiße Haar der alten Dame umgab ihren Kopf wie ein heller, schimmernder Kranz. Für das Gesicht einer Siebzigjährigen hatte sie erstaunlich wenig Falten, und ihre aufrechte, kraftvolle Statur bescheinigte ihr eine recht passable Konstitution. Obwohl ihre Erscheinung etwas schmucklos war, hielt sie jedoch an ihrer Liebe zu Broschen fest. An dem Pullunder, den sie über einer rosanen Bluse trug, haftete eine Brosche im Antiklook.

„Wieder ein Neuerwerb? Sie ist sehr schön", sagte Lydia, auf die Brosche deutend.

„Ja, sie war ein Geschenk von Irene, meiner Freundin. Ich habe dir doch von ihr erzählt? Ihr gehört das Haus mit den Antiquitäten." Maria hielt ihre Enkelin immer noch an den Armen fest, als fürchte sie sich, sie loszulassen. „Du wärst wahrscheinlich gar nicht gekommen, wenn ich dir nicht von diesem außergewöhnlichen Fund erzählt hätte?" In ihrer Stimme lag kein Vorwurf, nur Bedauern.

Maria führte ihre Enkelin fröhlich plappernd ins Wohnzimmer. „Setz dich, Liebes, ich muss nur noch schnell den Kuchen aus der Backform lösen. Du kommst gerade richtig. Er duftet ganz herrlich. Mit Schokolade und Haselnüssen! Kann ich dir gleich ein Stück bringen?" Ohne eine Antwort abzuwarten, verschwand sie schon wieder in der Küche.

Ihre Enkelin rief ihr mit voller Stimme hinterher: „Gern, und bitte ein großes Stück!" Während Maria dabei war, den Kuchen in Stücke zu schneiden, nahm Lydia neben dem schlummernden Sofatiger auf dem geblümten Sofa Platz.

„Wie ich sehe, geht es Heidi gut", bemerkte Lydia, als sie der Katze über das schwarz-weiß gefleckte Fell strich. „Gutes, altes Mädchen. Du passt mir auch brav auf meine Oma auf, oder?" Die

Katze reagierte kaum, sie gab durch ein leichtes Bewegen des Schwanzes zu erkennen, dass sie ihren Namen vernommen hatte, aber jetzt nicht gestört werden wollte. Lydia ließ ihren Blick durch das Zimmer wandern. Die mit Rüschen besetzten Kissen waren überall zu finden; sie lagen auf dem Sofa, den Stühlen und waren sogar in den tiefen Fensternischen geschickt platziert. Ein Teeservice aus Porzellan schmückte die Rokoko Kommode aus dunklem Holz mit glänzender Oberfläche; daneben stand nicht weniger eindrucksvoll eine große Glaskaraffe mit geschliffenen Ornamenten. Die antiquierte Stehlampe mit Fransen am Lampenschirm vollendete das Stillleben. Selbst auf dem Fernseher war ein Tischdeckchen drapiert, auf dem eine Primaballerina ihre langen Beine emporschwang. Jeder Gegenstand in diesem Raum erinnerte an ihre Großmutter und trug unverkennbar ihre Handschrift. Irgendwie fühlte sich Lydia hier heimisch und geborgen. „Du hast nichts verändert. Alles ist geblieben, wie es immer war. Es ist so gemütlich!"

„Nicht zu kruschig für deinen Geschmack?" neckte sie die Großmutter, aus der Küche kommend und mit einem großen Tablett beladen. „Kind, warum sollte ich etwas verändern? Heidi und ich fühlen uns hier wohl. Zudem sind wir keine Freunde von Veränderungen. Ich passe auf Heidi auf, sie auf mich." Sie reichte ihr den Teller mit dem Kuchen. „Probier, es ist genauso, wie du es magst."

Lydia nahm eine ordentliche Gabel Kuchen in den Mund und seufzte, als der feine Schokoladengeschmack sich in ihrem Mund ausbreitete. „Köstlich, nur du kriegst ihn so hin", lobte sie mit vollem Mund. Kauend lehnte sie sich in das weiche Sofapolster zurück. „Wenn ich selber backe, schmeckt es nie so gut!"

Ein glückliches Lachen perlte von Marias Lippen, das Lachfältchen um Augen, Nase und Mund zeichnete. „Dann musst du eben häufiger kommen, Liebes!" Sie nahm ihr eigenes Stück Kuchen in Angriff, ohne dass ihre Augen dem Tun ihrer Hände folgten, sondern betrachtend auf Lydias Gesicht lagen. Ihre Enkelin war jetzt achtundzwanzig, aber sie sah jünger aus. Die wachsamen, braunen Augen und das gewellte, rotbraune Haar, das ihr bis zu den Schultern reichte, hatte sie von ihrer Mutter geerbt, Marias Tochter Lara. Vom Vater Peter hatte sie den trotzigen, schmallippigen Mund, die gerade Nase und die ebenmäßigen Gesichtszüge.

„Du siehst gut aus. Dieser Pullover steht dir sehr gut", sagte Maria und setzte sich mit ihrem Teller neben Lydia aufs Sofa, wobei sie beinahe Heidis Besitzansprüche auf ihren Sofateil verletzt hätte, als sie sich sehr dicht neben die Katze setzte.

„Ach, Oma, dieser Pullover ist alt. Ich würde dir selbst dann gefallen, wenn ich einen alten Kartoffelsack tragen würde. Du weißt genau, dass ich nicht jedem Modeschrei hinterherlaufe", entgegnete Lydia und schaute an sich herab. Sie war gut proportioniert und durchschnittlich groß, aber ihre weiblichen Rundungen wurden von dem etwas zu groß und zu bunt geratenen Pullover verdeckt. Um nicht weiter an ihre Modesünde denken zu müssen, sagte sie themawechselnd: „Also, vielleicht erzählst du mir die Geschichte deiner Freundin von Anfang an, denn ich weiß nicht wirklich, ob ich dir dabei helfen kann!"

Maria legte die Gabel auf den Teller, setzte ein ernstes Gesicht auf und begann zu erklären: „Es ist so, dass Irene ihr Haus verkaufen will. Dieses Haus ist schon sehr alt, um die Jahrhundertwende gebaut und war bisher noch mit viel Zeug vollgestopft. Nach der Haushaltsauflösung wurde viel verkauft, da auch sehr schöne Stücke aus der Jugendstilzeit dabei waren, aber die Reste blieben im Haus. Vor allem der Keller und der Dachboden sind laut Irene ein Fall für den Sperrmüll. Doch es sind noch einzelne sehenswerte Möbelstücke im Haus verstreut. Im Erdgeschoss befindet sich noch ein alter Kachelofen mit herrlichen Bildern, die leider zum Teil auch schon einen Sprung haben, doch wenn du das Haus sehen könntest, ich glaube fast, es hat eine besondere Anziehungskraft. Diese hohen Stuckdecken..."

„Oma, du hörst dich an wie eine Immobilientante", unterbrach sie Lydia. „Ich werde es nicht kaufen, nur besichtigen."

„Ja, ich bin wohl zu sehr ins Detail gegangen! Ich wollte nur, dass du es dir bildlich vorstellen kannst, denn jetzt bist du gefragt, besser gesagt, dein fachliches Wissen auf dem Gebiet der Antiquitäten." Sie zwinkerte ihrer Enkelin verschwörerisch zu.

Lydia stellte den Teller auf dem Tisch ab und schnippte mit dem Zeigefinger einen Krümel von ihrem Kinn weg. Die Situation erheiterte sie.

„Ich bin keine erfahrene Spezialistin auf diesem Gebiet. Ich bin nur Aushilfskraft in einem Laden, der mit Antiquitäten handelt. Es ist ein Job neben meinem eigentlichen Job als Bürokauffrau. Und wenn ich nicht so schlecht verdienen würde, müsste ich nicht Verkäuferin in einem Antiquitätenladen spielen. Es tut mir leid, dich zu enttäuschen." Lydia legte die Hand sachte auf die knotigen, faltigen Hände ihrer Großmutter.

„Du enttäuschst mich nicht. Du hast Geschmack und ein gutes Auge für schöne, wertvolle Sachen. Das qualifiziert dich!" Sie sprach ihre Sätze mit Nachdruck, und es klang voller Überzeugung.

„Und um was geht es genau?" fragte Lydia erneut. Diesmal vorsichtig, als wolle sie sich langsam an diese schwere Materie herantasten.

Maria stand auf und tapste zur Kommode. Sie zog ein Schubfach heraus, griff nach einer Plastikhülle, in der sich ein gelbliches Papier befand. Damit kam sie zurück und überreichte es der sprachlosen und großäugigen Enkelin.

„Ein Brief. Eure Antiquität ist ein Brief. Gott sei Dank! Ich dachte schon, ich müsste irgendeine Schätzung abgeben...", sprudelte es aus Lydia heraus. Ihre Erleichterung zeigte sich in ihrem Gesicht, doch Maria setzte sich mit umwölkter Stirn wieder neben sie. „Was ist? Hab ich was Falsches gesagt?" wollte ihre Enkelin wissen.

Gedankenverloren starrte Maria in den Raum. „Nein, ich will nicht vorgreifen. Du musst den Brief erst lesen, dann wirst du es besser verstehen."

Lydia zog verwirrt den Brief aus der Hülle, faltete ihn auf und begann zu lesen: „Meine Liebe, wie soll ich dir begreiflich machen, wie leid es mir tut. Darf ich meiner Hoffnung Ausdruck geben und mit diesem Brief erneut um deine Liebe kämpfen?"

Mit geschlossenen Augen seufzend, faltete sie ihn wieder zusammen. „Wunderbar, ein Liebesbrief", meinte sie sarkastisch. „Ich kann so etwas nicht weiterlesen. Es macht mich wahnsinnig. Erneut um deine Liebe kämpfen?" Sie verdrehte die Augen und legte den Brief auf den Tisch „Die Männer kämpfen nie, wenn es um Liebe geht. Es ist meistens umgekehrt. Das ist so abgedroschen. Er war wahrscheinlich ein Kerl mit schmalem Oberlippenbart und öliger Frisur und sie so ein zierliches Ding, das bei jedem Windhauch umfiel", redete Lydia sich in Rage und stand auf, um ihrem Ärger Luft zu machen. „Tut mir leid, ich kann so etwas gerade nicht vertragen. Wie du weißt, bin ich nicht gerade gut auf Männer zu sprechen, seitdem mein Freund mich verlassen hat - mit der Begründung, beziehungsunfähig zu sein." Lydias Allergie gegen Liebesbriefe hatte sich noch nicht gelegt, obwohl sie sich von den emotionalen Schlägen, die sie in ihrer Beziehung hatte ertragen müssen, erholt hatte.

Ihre Großmutter blickte sie verständnisvoll an und antwortete: „Wenn du ihn jetzt nicht lesen willst, brauchst du es nicht zu tun. Du kannst ihn später lesen, aber lesen musst du ihn!"

„Und ihr beide seid sicher, dass dieser Brief so wertvoll ist?" wollte Lydia wissen.

„Er ist datiert. Auf dem Brief steht das Jahr 1905."

„Das ist nicht von Bedeutung. Wenn ihn keine Persönlichkeit aus besseren Kreisen geschrieben hat, ist er wertlos! Wo hat sie ihn gefunden?" Lydias Neugier wurde allmählich geweckt.

„In einer Kaminuhr. Sie hat ein kleines Schubfach, das Fundament der Uhr sozusagen, auf dem ein fliegender Engel dargestellt wird, der die Uhr bewacht. Und in diesem Fach befand sich der Brief. Wir glauben, er wurde nie verschickt. Wahrscheinlich wurde er geschrieben, dort versteckt und dann vergessen." Maria faltete die Hände und legte sie in den Schoß. Sie war völlig überzeugt von dieser These.

„Gut möglich, aber wie soll ich es dir erklären...?" Lydia suchte nach den passenden Worten, doch der ernste Blick ihrer Großmutter ließ jegliches Gegenargument im Keim ersticken. „Na gut, selbst wenn es so wäre, es ist nur ein Brief, geschrieben von einem unbedeutenden Mann, der schon längst tot ist, und seine Angebetete auch", setzte sie hinzu. „Dieser Brief wird keinen Wert haben, wenn ihn nicht eine Berühmtheit oder ein Politiker geschrieben hat."

Maria nickte mit dem Kopf und machte ein unverstandenes Gesicht. „Eigentlich geht es Irene überhaupt nicht um den materiellen Wert. Es geht um die Geschichte! Nur um das Geheimnis dieser Liebe. Jeder, der diesen Brief liest, wird sich fragen, was geschehen ist!"

„Aber das liegt doch schon Jahre zurück! Es wird schwer sein, mehr darüber zu erfahren."

„Du bist ein kluges Mädchen, hast ein Gespür für interessante Geschichten und könntest herausfinden, was es mit diesem Brief auf sich hat, wer der Verfasser war und welche Stellung er im Leben hatte. Schließlich arbeitest du mit Antiquitäten. Du weißt, wie man recherchiert - geschickt Informationen einholt", entschied Maria.

Über Lydias Gesicht huschte ein ratloser Ausdruck. „Aber ich habe Kataloge und Datenbanken, die mir für die Recherche zur Verfügung stehen. Doch Briefe sind was anderes. Mit wertvollen Briefen befassen sich Museen!"

Enttäuschung machte sich auf Marias Gesicht breit. „Dann werden wir nie hinter das Geheimnis kommen! Schade, na ja, vielleicht haben wir uns das zu leicht vorgestellt. Ich wollte dich auch nicht damit überfallen. Du bist schließlich hier, um dir die restlichen Sachen anzusehen, die noch im Haus sind, und Irene hat gemeint, du kannst alles mitnehmen, was dir gefällt." Alles deutete auf Kapitulation, doch Lydia wusste – so schnell gab sich ihre Großmutter nicht geschlagen.

„Ich darf alles mitnehmen. Aber ich habe keinen Transporter dabei", scherzte Lydia. „Und weil Irene so nett ist und du meine liebste Großmutter bist, werde ich schauen, ob ich was rausfinden kann." Ihre Lippen verzogen sich zu einem Lächeln.

Die Augen ihrer Großmutter leuchteten auf wie die eines kleinen Kindes. „Mein Liebes, das würdest du tun?"

„Ja, ich hab doch gar keine andere Wahl!" Ihre Augen glänzten schelmisch. „Ich kann im Internet recherchieren", erwiderte Lydia etwas unsicher. „Vielleicht finde ich heraus, dass der Verfasser der Bürgermeister der Stadt war und einem Barmädchen einen unschicklichen Antrag gemacht hat." Sie hob die Augenbraue und ihre Lippen kräuselten sich, als freue sie sich auf die Aussicht, einen Skandal aufzudecken, selbst wenn er schon hundert Jahre zurücklag. „Doch ich muss sagen, der Zustand der Möbel würde mich auch interessieren. Wenn etwas dabei wäre, könnte ich meiner Wohnung etwas Glanz verleihen! Du weißt ja, ich liebe alte Möbel. Aus einem alten Möbelstück kann man durchaus noch was rausholen mit ein wenig Schleifen und Lackieren."

„Liebes, das musst du mir alles beim Essen erzählen." Maria stand auf, sichtlich erfreut. „Wir können uns heute einen schönen Abend machen. Es gibt zum Abendessen Braten, Klöße und Lebkuchensoße. Dein Zimmer ist hergerichtet. Gehe nur hinauf und packe aus. In einer halben Stunde bin ich soweit."

„Ich bekenne, ich habe schon langsam Hunger. Ich hole nur noch meinen Laptop aus dem Wagen, und dann helfe ich dir beim Tischdecken." Lydia schnappte sich ihre Autoschlüssel und war schon durch die Eingangstür verschwunden, während Maria sich mit seelenvollem Blick setzte und den Rest ihres Kuchens herunterschlang.

*

Durch den Lichteinfall der untergehenden Sonne schimmerten die weißen Fenstergardinen rötlich, durch die Lydia von ihrer liegenden Position auf dem Bett hinausstarrte. Bald würde die Dämmerung einsetzen, und sie lag faul herum, während der Tisch wartete, gedeckt zu werden. Doch nachdem sie ihre Tasche ausgepackt hatte, fühlte sie Müdigkeit in sich aufsteigen und der Drang, sich kurz hinzulegen, überwältigte sie. Träge setzte sie sich wieder auf, streckte sich wie eine Katze, wobei ihr Rücken ein unerfreuliches Knacken von sich gab. Seitdem sie hier angekommen war, schossen ihr die merkwürdigsten Worte durch den Kopf, wie Schrulligkeit, Vereinsamung und Verrücktheit. Alles Begriffe, mit denen sie nun das Benehmen ihrer Großmutter verband. Lydia liebte sie abgöttisch, deswegen schmerzte es zu sehen, welche Geschichten diese zusammen mit ihrer Freundin Irene spann. Sie strich die Bettdecke glatt und bewunderte dabei das hübsche Farbmuster, bis sie sich plötzlich wieder an den Brief erinnerte. Vielleicht sollte sie ihn doch lesen, um ihre Neugier zu befriedigen.

Als sie ihren Kopf drehte, sah sie die Plastikhülle mit dem darin befindlichen Brief auf dem Nachttisch liegen. Ihre Großmutter musste ihn heraufgebracht haben, während sie ihre Tasche aus dem Auto geholt hatte. Mit wachsender Aufregung umschritt sie das Bett, entfaltete den Brief, setzte sich auf die Bettkante und gab sich etwas widerwillig den sorgfältig gewählten Worten hin, die mit einer säuberlichen und geschwungenen Schrift niedergeschrieben waren.

12. März, 1905

Meine Liebe,

wie soll ich dir begreiflich machen, wie leid es mir tut. Darf ich meiner Hoffnung Ausdruck geben und mit diesem Brief erneut um deine Liebe kämpfen?

Es wird dich wundern, dass ich meine Gefühle dir gegenüber jetzt so inbrünstig offenbare, aber mir bleibt keine andere Wahl, wenn ich deine Liebe gewinnen will, nicht wahr?

Mein Leben bedeutet mir nichts mehr, mein Stolz ist gebrochen. Ich schreibe diesen Brief, um mich für meine Feigheit und mein spätes Eingreifen zu entschuldigen.

Vielleicht wäre Annette noch am Leben, wenn wir nicht so beschäftigt gewesen wären uns bei jedem Treffen ein Wortgefecht zu liefern. Ich werde immer an unseren gemeinsamen Tanz auf der Abendgesellschaft der Biemanns denken, selbst wenn du mich nie wieder sehen willst. Bitte glaube nicht, ich sei wie Dominik. Er war mein Freund. Er ist es nicht mehr! Meine Schuld ist schwer! Was habe ich nur getan? Ich befinde mich in der Hölle, und für mich gibt es keine Erlösung mehr. Weder hier noch in einer anderen Welt! Ich würde für dich alles tun, denn ich liebe dich. Das ist alles, was ich weiß! Lass mich wissen, wie du dich entschieden hast? Solange harre ich aus und bleibe in dieser quälenden Ungewissheit! Ich weiß, ich verlange viel von dir, aber ich bin auch bereit, dir alles zu geben, was ich habe. Ich muss fort, und das bald. Wie könnte ich ohne dich gehen? Es wäre mein Todesurteil!

Dein ergebenster Bewunderer

Jonathan Stein

Nachdenklich saß Lydia eine Weile schweigend da, den Brief in den Händen haltend. Die Intensität der Worte hatte ein verlorenes

Gefühl in ihr freigesetzt. Es hatte sie berührt, die Dringlichkeit seiner Worte, die in Hast geschrieben worden waren, das konnte man herauslesen. Fast konnte sie sein flaches, schnelles Atmen hören, als er diese Sätze schrieb, als fürchtete er, man würde ihn erwischen. Nein, das ist Unsinn! Sie schalt sich eine Närrin, weil sie ebenfalls begann, Sachen hineinzuinterpretieren. Der Brief hatte sie verstört, das war alles. Verständlich in ihrem Fall, denn Mark, ihr langjähriger Freund, hatte sie vor einem Jahr verlassen. Darüber hinwegzukommen war nicht leicht gewesen.

Sie packte den Brief wieder in die Hülle, strich sich das Haar aus dem Gesicht und festen Schrittes begab sie sich zu ihrer Großmutter ins Erdgeschoss. Lydia lehnte am Türrahmen mit verschränkten Armen vor der Brust, als sich Maria zu ihr herumdrehte.

„Ah, da bist du ja. Das Essen ist gleich fertig. Ist ein köstlicher Duft, stimmt´s?" Sie strahlte ihre Enkelin an, während Lydia anfing, den Tisch zu decken.

Im gelben Schein der über dem Küchentisch hängenden Lampe wirkte das Gesicht ihrer Großmutter viel jünger, dachte Lydia, als sie sich gegenübersaßen, jeder noch mit den Resten des Abendessens kämpfend. „Deine selbstgemachten Klöße sind so lecker, aber ich glaube, ich war zu gierig, als ich gleich zwei davon auf meinen Teller schaufelte", meinte Lydia, lehnte sich im Stuhl zurück und hielt sich stöhnend den Bauch. „Das Fleisch und die Soße waren hervorragend, aber ich kann nicht mehr!"

Maria lachte und beobachtete die Lichtreflexe in Lydias Haar, das im künstlichen Licht das gesamte Spektrum an warmen Farbtönen annahm. „Ich möchte dich nicht mästen, Liebes. Lass es stehen. Also", sie setzte beide Ellbogen auf die Tischkante, faltete die Hände und stützte ihr Kinn auf die ineinander verschränkten Finger, „bist du nicht auch fasziniert von diesem ungewöhnlichen Brief?"

„Woher weißt du, dass ich ihn gelesen habe?" fragte Lydia verdutzt.

Maria lächelte wissend. „Eine unbändige Neugier ist uns in die Wiege gelegt worden. Allen in dieser Familie!"

„Ich muss zugeben, dass mich der Verfasser des Briefes interessiert. Und natürlich das Drama, das sich dahinter verbirgt. Wir wissen, eine junge Frau ist wahrscheinlich ums Leben gekommen oder möglicherweise auch in schlechte Gesellschaft geraten - eine Frau namens Annette. Die Beziehung zwischen ihr und der Empfängerin des Briefes ist noch unklar. Jonathan Stein ist ein guter Freund, der diese Unbekannte liebt und Dominik war sein Freund, aber nach einem Zerwürfnis - ich nehme an, das war der Grund - haben sie sich entfremdet. Ob Dominik Annette Schaden zugefügt hat? War sie eine Freundin oder Schwester von unserer Unbekannten? Sicher ist, dass sich dort Jonathan Stein und diese Unbekannte näher kamen. Ist nur blöd, dass wir den Namen der Angebeteten nicht haben!" schloss Lydia ihre Rekapitulation.

Maria schaute sie erwartungsvoll an. „Liebes, ich bin so froh, dass ich es dir erzählt habe. Könntest du über Jonathan Stein etwas herausbekommen? Ich weiß nicht, wie ich da vorgehen soll!"

„Natürlich, ich könnte seinen Namen in eine Suchmaschine im Internet eingeben. Wenn er ein ganz normaler Bürger war, werden wir nichts über ihn finden. Von den anderen haben wir nur die Vornamen, das bringt nichts", erklärte Lydia. Ihre Begeisterung wuchs von Minute zu Minute. „Weiß den Irene nichts über die ehemaligen Hausbesitzer? Wenn der Brief dort gefunden wurde, ist es doch naheliegend, dass die Betreffenden dieses Briefes ihre Vorfahren waren! Wir könnten jetzt lange ins Blaue hinein reden und Mutmaßungen anstellen, aber das wäre sinnlos. Wir bräuchten wenigstens einen Anhaltspunkt. Glaubst du, sie hat irgendwelche Ahnenbücher?"

„Sie hat schon etwas herausgefunden", gab Maria triumphierend zu.

Auf Lydias Stirn zeigte sich eine kleine, steile Falte zwischen den Augenbrauen. „Na, ihr seid mir zwei Spürnasen! Dann habt ihr Julia und Romeo also schon ausfindig gemacht. Wer ist also die Angebetete?" Sie verschränkte in einer konzentrierten Geste die Arme vor der Brust.

„Wir denken, es ist Margarete Putz! Sie lebte von 1883 bis 1936. Keinerlei Nachfahren von ihrer Seite. Sie hatte auch keine weiteren Geschwister. Eigentlich ist sie die einzige ledige Frau, die zu der Zeit in Frage käme. Nach ihrem Tod erbte ihr Neffe das Haus. Die Neumeister wurden die neuen Hausbesitzer. Ihr Neffe Karl war Irenes Großvater, und der starb in den 70iger Jahren. Mehr konnten wir leider nicht herausfinden. Dann wäre da noch das Haus, welches in einem beklagenswerten Zustand ist. Total renovierungsbedürftig. Karl lebte mit seiner Frau allein in dem Haus; die Kinder planten ein neues Haus zu bauen, da sie nicht Unsummen von Geld in den alten Kasten stecken wollten. Es steht also schon seit gut dreißig Jahren leer, bis auf die wenigen Möbel und den Krimskrams."

„Und die Kaminuhr!" fügte Lydia grinsend hinzu.

„Da wäre noch etwas, dass ich vergessen habe." Behände

schwang sich Maria aus dem Stuhl, um genauso leichtfüßig zum Vitrinenschrank zu gelangen. Dort holte sie ein Schmuckstück aus der Schublade und ließ es vor Lydias Augen hin- und herbaumeln. „Was habe ich da?"

„Ein Medaillon!" Lydia blickte ganz fasziniert auf das silberne Schmuckstück. Es war rund, mit einem auffallenden, figürlichen Motiv verziert. „Was ist das? Eine Nymphe auf dem Deckel!" Neugierig nahm sie es entgegen, um es ungeduldig aufzuklappen. Im Inneren befand sich ein nachgedunkeltes Bild, doch die klassisch schönen Züge eines Frauengesichtes waren dennoch sichtbar. Das Bild hatte bereits feine Risse, daher musste sich Lydia sehr anstrengen, weitere Details zu erkennen.

„Genau, mein Liebes. Ein Jugendstil Medaillon. Die Schmuckgestaltung war zu dieser Zeit sehr ausgefallen. Man bediente sich vor allem der Motive aus der Natur. Menschen, Tiere, Blumen – abgewandelt als Zierelemente. Und das Gesicht gehört Margarete." Sie ließ sich mit einem verschwörerischen Blick wieder auf ihren Stuhl plumpsen.

Lydia nahm das Medaillon noch genauer in Augenschein. Sie roch den typischen Silbergeruch des Schmuckstücks, das jetzt mit einer dunklen Patina überzogen war. „Woher weißt du das?"

„Irene hat das Medaillon in irgendwelchen Dachbodenkisten gefunden. Und sie ist felsenfest davon überzeugt, es handelt sich hierbei um Margaretes Schmuck. Sie brachte es vor mir vor Tagen, um es mir zu zeigen, dann vergaß sie es wieder. Jedoch ist es nicht wirklich bewiesen, dass Margarete die schöne Unbekannte ist. Der Brief hätte auch für die Bedienstete oder Freundin Margaretes bestimmt sein können. Und Jonathan Stein ist Irene völlig unbekannt. Deswegen brauchen wir deine Unterstützung. Du wirst uns doch helfen? Wir jagen dieser Geschichte schon seit zwei Wochen nach - ohne Ergebnis."

Lydia legte das Medaillon auf den Tisch, ohne den Blick davon abzuwenden. „Ich glaube, es wird unmöglich sein, dir diese Bitte abzuschlagen, oder?"

„So ist es!" Sie klopfte sich mit den Händen auf ihre Schenkel. „Komm lass uns jetzt ins Wohnzimmer gehen. Es läuft heute ein spannender Film im Fernsehen", erklärte Maria, mit dem Ergebnis des Gesprächs sehr zufrieden.

„Na gut, ich bin dabei. Ich muss zugeben, ich habe eine Schwäche für kitschige Liebesgeschichten! Ich bezweifle, dass dein Fernsehfilm so spannend sein wird wie eure Suche nach dem poetischen Briefschreiber." Lydia zwinkerte ihrer Großmutter zu, während sie das Medaillon unbewusst in die Hosentasche steckte.

✴ 2. Kapitel ✶

„Mach doch endlich. Werde grün!" knurrte Lydia die Ampel an, in einer unbequemen Lage über das Lenkrad gebeugt.

„Läuft *dir* die Zeit davon oder *mir*?" neckte ihre Großmutter sie. „Wir haben doch Zeit. Es ist ein hübscher, verschlafener Sonntagmorgen. Die Straßen sind fast menschenleer, abgesehen von den paar Passanten, die über den Zebrastreifen huschen. Es sind wahrscheinlich brave Kirchgänger, die zum Gottesdienst wollen."

Lydia verdrehte die Augen und warf belustigt einen kurzen Blick auf den Beifahrersitz. „Bestimmt." Dann fuhr sie an. Der Motor heulte, als sie zu spät in den zweiten Gang wechselte. „Diese Karre macht mich wahnsinnig", schimpfte sie.

Maria blickte vergnügt auf die vorbeiziehenden Hausfassaden. Mit ihrer gewohnten Ruhe saß sie auf dem Beifahrersitz, umklammerte ihre Handtasche, als befände sich ein Heiligtum darin und erklärte: „Ich weiß, wir sind früh los, aber Irene ist auch so eine Frühaufsteherin. Von acht bis um halb neun macht sie Gymnastik - jeden Morgen. Dann frühstückt sie, bevor sie ihren häuslichen Pflichten nachgeht, ach...", sie blickte irritiert auf ihre Uhr, „jetzt ist es kurz vor zehn, und heute ist Sonntag, da hat sie einen anderen Tagesablauf. Auf jeden Fall kommen wir gerade richtig, keine Sorge."

„Hast du denn nicht mit ihr telefoniert, dass wir sie abholen?" fragte Lydia verwirrt.

„Doch, aber sie meinte, wir sollten einfach vorbeikommen."

„Na gut, wenn du meinst. Diese Irene scheint ja eine ziemlich beschäftigte Frau zu sein. Wo hast du sie überhaupt kennen gelernt?"

„Ich kenne sie vom Theater - sie hat auch ein Theaterabonnement. Irgendwann sind wir ins Gespräch gekommen und seitdem gehen wir zusammen zu den Aufführungen. Manchmal gehen wir auch ins Café! Ungefähr zu der gleichen Zeit, als ich deinen Großvater verloren habe, hat sie auch ihren Mann beerdigt."

„Dann habt ihr ja viele Gemeinsamkeiten. Es ist gut, dass du hier eine gute Freundin hast, auf die du dich verlassen kannst."

Unversehens streckte Maria den Arm aus. „Hier, Liebes, hier rechts musst du einbiegen, dann sind wir bei Irene."

Mit viel Schwung bog sie in die steil nach oben führende Straße ein, die auf beiden Seiten der Straße von Bäumen gesäumt war. Ihre Großmutter wies sie an, neben einem großen, modernen

Haus mit Terrasse stehen zu bleiben. Da das Haus darüber hinaus über eine breite Garagenauffahrt verfügte, parkte sie einfach dort. Der Vorgarten befand sich auf gleicher Höhe mit der Terrasse und war geschützt durch eine meterhohe Hecke. Ihre Großmutter eilte voran zum Seiteneingang, um zu klingeln, während Lydia hinter ihr herschlappte.

Auf das Klingeln hin öffnete eine sehr junggebliebene Mittsechzigerin mit toupiertem Haar, geschminktem Gesicht, lackierten Nägeln und einem sehr gepflegten Äußeren. Ihr Gesicht verriet künstliche Bräune, um die Augen trug sie dezent Eyeliner. Beide Handgelenke zierten Armbänder und die beringten Hände schossen in die Höhe, als sie den Besuch erblickte. „Ach, da seid ihr ja, ihr Süßen", begrüßte Irene ihre Gäste. „Kommt doch rein, wollt ihr was trinken, bevor wir gehen?"

Maria winkte ab. „Nein, Irene, wir können ja nachher noch einen Kaffee zusammen trinken."

„Ist gut! Dann ziehe ich meine Schuhe an und hole meine Jacke." Sie brauchte nicht lange, da erschien sie schon wieder ausgehbereit. „Prima, dann lasst uns gehen."

„Ich habe meinen Wagen in der Auffahrt geparkt, hoffentlich stört es niemanden...", begann Lydia zu erklären, doch Irene sprang ihr ins Wort.

„Das ist überhaupt kein Problem, mein Sohn ist auf Geschäftsreise und mein Enkel kommt heute Abend, um mich zu besuchen. Ich selbst besitze keinen Wagen. Sie können ihn ruhig dort stehen lassen. Wir werden zu Fuß zum Haus spazieren", entschied Irene und stapfte voran. „Lydia, Ihre Großmutter hat schon so viel von Ihnen erzählt. Fast ist es so, als würde ich Sie schon gut kennen. Ständig singt sie Loblieder auf ihre Enkelin. Ich war wirklich gespannt, Sie endlich zu treffen. Ihre Aura ist so angenehm." Irenes fröhliches Geplapper brachte Lydia zum Schmunzeln.

Maria nickte bekräftigend mit dem Kopf. Lydia versuchte Irenes folgendem Wortschwall aufmerksam zu folgen, doch sie hatte Mühe die Fragen so schnell zu beantworten, wie sie gestellt wurden.

Der Spaziergang führte über zwei bewohnte Straßen auf einen kieselbestreuten Weg am Ende der Wohngegend, der gerade so viel Platz bot, um mit einem Wagen durchzukommen. Vor ihnen erstreckte sich eine von haushohen Bäumen überschattete Allee, die sie diskutierend entlang schritten. Rechts von ihnen auf einer kleinen Anhöhe befand sich ein kleiner und lichter Waldflecken. Auf der linken Seite raschelte das Laub in den dicht gepflanzten Bäumen. Einige Sonnenstrahlen suchten sich eine Lücke im Blattwerk und sprenkelten den Weg mit goldenen Lichtpunkten. Durch das Geäst hindurch konnte sie schon einen Blick auf das Haus erhaschen, das eigentlich kein Haus war, sondern eine dreistöckige Villa. Es war beinahe geheimnisvoll, dieses Gebäude so versteckt am Ende des Weges auf einer Lichtung zu finden, die umschlossen wurde von schützenden Fichten. Eindrucksvoll ragte sie empor in all ihrer jetzt schäbigen Pracht, und ihr langer Schatten erfasste die angrenzenden Büsche und Gräser. Obwohl die Fassade einen neuen Anstrich benötigte, und leider auch die Fenster mit unschönen Brettern vernagelt waren, behielt die Villa ihre eigentümliche Schönheit. Sie war breit und hoch, mit einem steinernen Treppenaufgang versehen, der zum Portal führte. Genau zwölf Fenster zeigten hinaus auf den vorderen Hof, auf dem Dach thronten vier Rundgiebelfenster je Vorder- und Rückseite. An den Seiten des Hauses befanden sich noch gusseiserne Balkone mit Verschnörkelungen, vollkommen mit Grünspan überzogen. Zu beiden Seiten am Fuße der Steintreppe wachten steinernen Fabelwesen, die Besucher eher schauerlich als freundlich willkommen hießen. Lydias Schritte verlangsamten sich, während die beiden älteren Damen schnatternd ein zügiges Tempo vorlegten. Als sie im Schatten des Hauses standen, überkam Lydia eine schleichende Übelkeit. Ihr Magen hob sich, ihr Herz schlug zu schnell, und ihre Hände waren eisig.

„Der Baustil ist Neurenaissance, ca. 1890, gut zu erkennen, oder?" Irene drehte sich den beiden anderen zu, mit Besitzerstolz in den Augen, doch als sie Lydias blasses Gesicht wahrnahm, wechselte der Ausdruck in Besorgnis. „Ach, du meine Güte, was ist denn los?"

Maria stützte ihre Enkelin und strich ihr bestürzt übers Haar. „Lydia, Liebes, du siehst nicht gut aus! Wir sind doch nur eine Viertelstunde gelaufen."

„Nein, das ist es nicht. Mir ist nur übel. Es ist bestimmt gleich vorbei", versuchte Lydia beide zu beruhigen.

„Ach, das kommt mir bekannt vor. Bist du vielleicht in anderen Umständen?" fragte Irene. Sie setzte eine interessierte Miene auf.

Plötzlich wurde es dunkel vor Lydias Augen. In ihrem Kopf surrte es, es klang so, als ob sich etwas darin einnistete. Sie hörte ihre Großmutter ihren Namen rufen, doch sie fühlte sich wie in Watte gepackt. Etwas Fremdes umschattete sie, eine unsichtbare Gegenwart umkreiste sie mit schleichender Kälte.

Anderen Umständen. Diese Stimme gehörte nicht ihrer Großmutter. Visionen und Bilder überfielen sie wie zuckende Blitze.

Anderen Umständen. Laut und deutlich hörte sie diese Worte in ihrem Kopf, und dieses Eindringen in ihre Gedankenwelt verstörte Lydia. Eine Dunkelheit sammelte sich um sie, trennte sie vom Rest der Welt, um sie ganz für sich zu gewinnen. Lydia geriet in Panik, rang nach Luft und wollte schreien, doch ihre Kehle war trocken. War sie verrückt geworden? Sie war wohl überspannt, ja, das war die Lösung. Ruckartig löste sich etwas in ihr, der Druck in ihrem Kopf ließ nach, worauf sie zusammensackte, aber glücklicherweise auf ihren Knien landete.

„Was passiert mit mir?" fragte Lydia, als sie nun wieder klar erkennen konnte, wo sie war. Irene und Maria stützten sie wie eine Kranke auf beiden Seiten.

„Vielleicht sollten wir nicht ins Haus gehen. Ich möchte nicht, dass meine Enkelin dort reingeht. Vielleicht ist ja was Wahres dran, an diesen Geschichten über das Haus. Du bist doch nicht schwanger, oder doch?" wollte Maria wissen.

Lydia hatte nun wieder ihre ganze Kraft zurückerlangt und machte sich von beiden los. „Nein, ich bin nicht schwanger, das ist sicher!"

„Sie hat sicherlich etwas Schlechtes gegessen. Was habt ihr denn gefrühstückt?" wollte Irene wissen.

Maria überging Irenes Frage und fuhr mit ihrem Verdacht fort. „Ist das nicht schon einmal passiert, dass einem Besucher übel wurde und er durchdrehte, als er das Haus betreten hatte?"

„Das liegt Jahre zurück, und er war ein entfernter Verwandter von mir. Georg war schon immer etwas verrückt und hat sich was eingebildet, das war sicher. Empfänglich würde ich ihn nicht nennen", gab Irene prompt zurück.

„Und genauso sicher ist, dass ihr mir jetzt bitte erklären müsst, um was für Geschichten es sich hier handelt!" presste Lydia zwischen den Zähnen hervor. „Ich habe so etwas noch nie erlebt!"

Maria hakte sich bei Lydia unter. „Komm, Schatz, wir fahren nach Hause. Liebes, es geht dir nicht gut. Wir können die Möbel ein andermal anschauen." Dann wandte sie sich entschuldigend an ihre Freundin: „Wir müssen es verschieben, Irene."

„Ja, natürlich." Irene nickte beipflichtend.

Bleib. Bleib.

Ein Zittern erfasste nun Lydias Körper, und sie erschauerte. Mit beiden Händen umfasste sie ihre Oberarme, als wollte sie sich wärmen, doch die Kälte kam nicht von außen, sie kam von innen.

„Sie spricht zu mir! Oh, Gott, *wer* spricht da zu mir?" wiederholte Lydia immer wieder leise, während sie dem Haus den Rücken zukehrte. So schnell wie ihre Füße sie trugen, lief sie den Weg zurück zu Irenes Haus, einen sicheren und geschützten Ort, der er ihr nichts anhaben konnte. Im selben Moment liefen ihr Großmutter und Irene ebenfalls eiligst hinterher, sich verstörte Blicke zuwerfend.

*

Der Zeiger der Wanduhr gab halb zwölf an. Den Blick in die Leere gerichtet, saß Lydia auf dem ledernen Polstersofa in Irenes Wohnzimmer. Auf der Armlehne balancierte sie eine Tasse Tee, aus der heißer Dampf stieg. Maria und Irene saßen auf dem gegenüberliegenden Sofa, nur der Glastisch trennte sie, doch im Moment schien es, als befänden sie sich auf zwei verschiedenen Planeten. Die Atmosphäre im Zimmer war gespannt. Zuerst traute sich keiner, etwas zu sagen.

Irene unterbrach das Schweigen nach vorangegangenem Räuspern als Erste. „Was ich nie gedacht hätte, ist geschehen. Sie hat sich wieder manifestiert." Nach diesem Erlebnis hatten sie sich entschieden zum Duzen überzugehen. Angesichts der Umstände war eine formlose Anrede nur angebracht. „Ich habe nie etwas gesehen, nur gehört. Vielleicht habe ich es mir aber auch eingebildet. Mein Großvater hat *sie* zweimal gesehen, allerdings nur schemenhaft. Und die Schuld dafür gab er dem vielen Wein in seinem Suff. Er war noch nie offen für so was." Irene hielt inne, als müsse sie tief in der Vergangenheit graben, um die bruchstückhaften Erinnerungen an ihn wieder heraufzubeschwören. Dann setzte sie in einem bedauernden Tonfall hinzu: „Er ist nur dreiundsechzig geworden. Trotzdem hat er sehr lange mit seiner Frau in diesem Haus gelebt, obwohl immer von irgendwelchen flatternden Schatten und komischen Lauten in der Nacht die Rede war."

„Es war kein Vergnügen, so etwas zu erleben." Lydia umklammerte die Tasse so fest, dass die Knöchel weiß hervortraten.

„Natürlich war es das nicht", warf nun Maria ein, ihre Hände lagen gefaltet in ihrem Schoß. Sie konnte nicht aufhören, den Kopf zu schütteln und ein ungläubiges Gesicht zu machen. „Wahrscheinlich bist du sehr empfänglich, mein Kind. Du warst schon immer so sensibel und konntest Schwingungen wahrnehmen", sagte sie schniefend, „ein ganz besonderes Kind warst du."

„Bist du sicher, dass du von mir redest? Mutter sagt, ich wäre ein Elefant im Porzellanladen und ich würde eher auf den Gefühlen der anderen herumtrampeln."

„Deine Mutter sagt manchmal Dinge, die sie nicht meint."

Maria gab sich Mühe, ihren Worten einen glaubwürdigen Ton zu verleihen.

„Aber warum habe ich diese Stimme gehört? Nicht ihr?" Lydia blickte fragend in die kleine Runde.

„Ich kann es kaum selber glauben, dass nach so vielen Jahren wieder etwas im Haus geschieht. Seit Großvaters Tod gab es keine Erscheinungen, keine Stimmen mehr. Dein Erlebnis bestätigt *ihre* Existenz. Irgendetwas hat es geweckt. Du hast es geweckt. *Sie* wollte gehört werden und ist zu dir durchgedrungen", erklärte Irene mit einer dramatischen Stimme.

Maria rückte schnaufend auf dem Sofa von Irene ab und schenkte sich noch Tee ein. Dabei zitterten ihre Hände. „Irene, da bekomme ich Angst. Ich kann das nicht mehr hören. Meine Enkelin kommt mich so selten besuchen und da müssen wir sie mit einem Gespenst verjagen. Lydia wird das Haus nicht mehr betreten, und deine Möbel will sie auch nicht!" Sie nippte an dem Tee, dann stellte sie ihn hastig wieder auf dem Glastisch ab. Ihre Nasenflügel bebten, in ihren Augen sammelten sich Tränen.

„Oma, es ist nichts. Ich habe nur einen Schreck bekommen, aber mir geht es gut." Nun war es an Lydia, ihre Großmutter zu beruhigen. Sie stand auf, ging hinüber und legte ihren Arm um die schmalen Schultern dieser gramgebeugten Frau, die sich die schlimmsten Selbstvorwürfe machte.

Irene rutschte unwohl auf ihrem Platz herum. „Ich sollte mich schrecklich fühlen, aber ich habe so eine Vorahnung, dass wir hier ein faszinierendes Phänomen erlebt haben, und das weckt meine Neugier. Ich möchte nur eins klarstellen - diese Erscheinung ist nicht böse. Sonst hätte sie schon Schaden angerichtet", versicherte sie und schüttelte demonstrativ den Kopf.

Lydia tauchte mühsam aus dem Abgrund ihrer Gedankenwelt wieder auf. Ihre Stimme klang müde. „Ich weiß - das Gefühl hatte ich auch. Wie deutlich höre ich diese Stimme noch in meinem Kopf, so hell aber doch bestimmend, als wäre sie noch am Leben, aber ich konnte nicht alles verstehen. Nur das Letzte. Sie sagte >Bleib<.‘‘

Auf diese Neuigkeit hin war Irene nicht mehr zu halten. Mit Feuereifer bestürmte sie Lydia, das heimgesuchte Haus doch noch zu betreten, allerdings unter starkem Protest, der aus Marias Richtung wehte. In diesen Tumult platzte plötzlich ein junger Mann herein. Er trug Freizeitkleidung und in der linken Hand baumelte eine Sporttasche.

„Was ist denn hier los?‘‘ wollte er wissen. Sein markantes Gesicht verriet Belustigung und Interesse zugleich. Mit gefälliger Miene nahm Lydia Notiz von seiner hohen Statur, dem modisch kurz geschnittenen dunkelblondem Haar und diesem verschmitzten Grinsen auf seinem Gesicht. Seinem Aussehen nach war er Anfang Dreißig, ein dunkler Bartschatten lag auf seinen maskulinen Backenknochen, was ihm auch noch einen Hauch von verwegener Nachlässigkeit verlieh. Seine Augen blickten warm und freundlich in die überraschte Runde.

Zu lange hatte sie ihn gemustert und verschämt blickte sie zu ihrer Großmutter. „Oma, vielleicht sollten wir jetzt gehen. Ich muss morgen früh los.‘‘

„Alex, das ist Lydia, Marias Enkelin. Maria kennst du ja bereits‘‘, stellte Irene sie vor und deutete zufrieden auf ihren etwas mitgenommen Gästereigen.

Lydia brachte gerade noch ein mattes Lächeln zustande, als er ihr charmant die Hand entgegenstreckte. Sein Blick hatte nichts

Abschätzendes, im Gegenteil, sein gewinnendes Lächeln passte hervorragend zu seinen freundlichen Augen. „Hallo, nett dich kennen zu lernen. Was hast du verbrochen, dass man dich zu diesem Kaffeekränzchen verdonnert hat? Ich bin übrigens der vorbildliche Enkel!"

„Du Bengel!" rief ihm Irene zu, woraufhin Lydia von Herzen lachte. „Ich fürchte, ich bin wirklich freiwillig hier", entgegnete sie mit einem Glucksen in der Stimme. Seine Hand war warm, als sie diese ergriff, ein Grund mehr, sofort aufzubrechen, denn sonst würde sie diese Hand nie mehr loslassen. Wie empfänglich sie doch für diese Art von Charme war, dabei hatte sie vorgehabt, nie wieder etwas zu empfinden. Doch so sehr ihr seine offene Art gefiel, es war Zeit heimzufahren. Außerdem wollte sie das Erlebte noch einmal Revue passieren lassen.

„Wirklich, es war ein sehr netter Morgen, aber ich glaube, wir müssen jetzt wirklich gehen", erklärte Lydia mit einem aufgesetzten Lächeln. „Danke für den Tee!" Es bereitete ihr immer noch Mühe, den Vorfall zu verarbeiten.

„Maria, bleib doch noch ein Weilchen. Ich wollte noch etwas mit dir besprechen!" Erneut versuchten die beiden alten Damen sich mittels Augenkontakt auszutauschen.

„Wenn du noch etwas bleibst, zeige ich dir meinen Hobbyraum! Na, wie wär´s?" fragte Alex von der Seite und brachte Lydia damit zumindest zum Überlegen. Ihre Schutzmauer fiel in kürzester Zeit, schulterzuckend willigte sie ein, ihn in den Keller zu begleiten, was ein erleichterndes Aufseufzen aus Irenes Richtung zur Folge hatte.

„Lass mich raten, du hast deinen eigenen Fitnessraum?" fragte sie ihn mit einem neckenden Unterton, als sie die mit weichen

Stufenmatten ausgelegte Treppe hinunterschritten. Lydia wusste selber nicht, warum sie eingewilligt hatte, noch etwas zu bleiben.

„Sehe ich aus wie ein Muskelmann, der täglich trainiert? Doch nicht wirklich?" Er zog eine Braue nach oben und amüsierte sich im Stillen über ihre Mutmaßung.

„Nein, eigentlich nicht", gab sie lächelnd zu und strich sich eine widerspenstige Strähne nach hinten. Bevor er die Tür zum Hobbyraum öffnete, blieb sein Blick etwas länger auf ihrem Gesicht haften, und er grinste zurück. „Hier ist es, mein Paradies."

Trockene, staubige, nach Kleber riechende Luft schlug ihnen aus der Dunkelheit entgegen, bis gleißendes Licht aus den Neonröhren von der Decke strömte und den Raum in ein weißes Licht tauchte. Im Rauminneren befanden sich mehrere Tische, auf denen Holzhäuser in den verschiedensten Variationen gebaut worden waren. Miniaturhäuser mit Garten, mit Pool, mit Schrägdach oder Flachdach, ausgefallene Konstruktionen, die einluden zum Staunen.

„Ich bin Architekt. Mein Job ist auch mein Hobby."

„Oh, die sind atemberaubend!" staunte Lydia und ließ ihren Blick über die Häuser schweifen.

„Es freut mich, dass es dir gefällt. Leider wohne ich in einer 3-Zimmer-Wohnung mitten in der Stadt, die kaum Platz bittet für ein solches Hobby. Meine Großmutter ist schon ein tolles, altes Mädchen, da sie mir freundlicherweise diesen Raum überlässt. Ich komme oft an den Wochenenden hierher, um zu basteln." Er stellte die Sporttasche auf einen leeren Tisch, zog den Reißverschluss auf, um aus dem Innern verschiedenformatiges Rohmaterial herauszuziehen. Stolz präsentierte er ihr die große, neue Tube Sofortkleber, die er besorgt hatte. „Damit wird es gehen! Ich hoffe, der hält besser als dieser Bastelkleber! Das andere Zeug hält einfach nicht."

„Das hier ist großartig!" Lydia stand vor einem architektonischen Prachtbau mit luftig gewölbtem Glasdach, einem flachen Seitenflügel, der als Wintergarten fungieren sollte und großen, lichten, gut platzierten Fenstern. Im oberen Stockwerk umlief der Balkon die Front und eine Seite des Hauses. Davor befand sich ein Garten, der um das Haus herum führte, an zwei Stellen von Fußwegen durchbrochen.

„Ja, das ist auch eins meiner liebsten Stücke. Ich bin sehr stolz darauf", meinte er ohne falsche Selbstüberzeugung. Er stand hinter ihr, denn sie konnte seinen Atem im Nacken spüren, was sie nervös machte. Als hätte er es gemerkt, wandte er sich wieder ab und schritt zu seiner Tasche, um weiter auszupacken. „Also, was brüten die beiden Damen oben wieder aus? Du kannst mich ruhig aufklären, ich werde es nicht weitersagen." Er zwinkerte ihr zu, nebenher Zeichnungen sortierend.

„Ich liebe alte Möbel und restauriere sie manchmal. Das ist *mein* Hobby. Und Irene wollte mir ein paar Sachen aus der alten Villa schenken. Das war der ursprüngliche Plan. Dann kam alles anders, denn die beiden fanden einen Liebesrief in einer Kaminuhr, bei dem sie jetzt meine Hilfe benötigen, um an Informationen heranzukommen. Es geht darum herauszufinden, warum er dort lagerte und wer ihn geschrieben hat", sagte sie mit einem geheimnisvollen Lächeln auf den Lippen.

Er hörte auf, in den Zeichnungen zu blättern und drehte sich ihr voll konzentriert zu. „Ja? Und was ist passiert?"

Sie sind wohl überzeugt, dass in der Villa ein Geist umgeht." Sie strich mit dem Finger über die Kanten der Hauskonstruktion, als wollte sie diese liebkosen, dann blickte sie wieder auf, um dem ernsten Blick aus zwei stahlblauen Augen zu begegnen. „Ich habe nichts gesehen, aber ich habe etwas gespürt und ich glaube nicht, dass ich das Bedürfnis habe, diese Aktion zu wiederholen."

„Ich weiß, dass meine Großmutter Irene dich jetzt nicht mehr von der Angel lassen wird, nachdem du etwas empfangen hast", sagte er nüchtern und stützte sich mit den Handballen auf dem staubigen Holztisch ab. „Es ist sicher, dass ich das Weltbild meiner Großmutter erschüttern würde, gäbe ich zu, an diesen parapsychologischen Käse nicht zu glauben, wovon sie allerdings viel hält. Geister spotten jeglicher Logik, Rationalität und Wissenschaft. Das ist doch alles Unfug. Allerdings glaube ich, dass weibliche Wesen empfänglicher sind für derartige Dinge, daher bist du nun ihr Opfer. Gratuliere!" Er grinste sie an, als hätte sie einen Preis gewonnen.

„Das ist nicht komisch", beschwerte sie sich, doch sie hatte sichtlich Mühe an die Ernsthaftigkeit ihrer Worte selber zu glauben, da ihr die Komik der Situation bewusst wurde. „Außerdem ist die Behauptung - weibliche Wesen wären empfänglicher für derartige Dinge – völlig aus der Luft gegriffen!"

Er zuckte unbeeindruckt mit den Schultern auf diesen verbalen Angriff. „Und du hast etwas gespürt, als du *dort* warst?" Er fuchtelte mit einer leeren Farbdose in der Luft herum und betonte das Wort >dort< auf sehr eindrucksvolle Weise.

Sie ließ sich viel Zeit mit der Antwort und durchschritt den Raum, bis sie bei ihm am Platz angekommen war. „Ja, ich habe eine Frauenstimme vernommen, die seltsam dumpf klang oder wie aus der Ferne. Außerdem spürte ich plötzlich eine seltsame Beklemmung in der Brust. Es war, als ob ich nicht atmen könnte."

„Dann solltest du nicht einmal mehr daran denken, die Villa zu betreten", fuhr es aus ihm heraus. Sie standen jetzt sehr dicht beieinander und sanfte Röte schoss Lydia ins Gesicht.

„Ja, ich sollte mir eigentlich keine Gedanken mehr darüber machen und alles vergessen, aber hast du nicht gesagt, du glaubst nicht an solche Dinge? Wenn es sie nicht gibt, wovor sollte ich dann Angst haben?" fragte sie zweifelnd.

„Weißt du was? Ich werde dem allem ein Ende setzen und begleite dich zur Villa. Bisher war ich ein einziges Mal dort, als ich geholfen habe, einen Teil der wertvollen Möbel aus dem Haus zu schaffen. Mal sehen, ob etwas passiert, wenn ich anwesend bin? Doch vorher lass uns schauen, was es zum Mittagessen gibt. Ich bin sicher, Großmutter hat noch leckere Reste von gestern übrig." Sanft beförderte er sie durch die Türe wieder die Treppen hinauf, um Irenes Kühlschrank zu plündern.

3. Kapitel

27. Juni 1904

Auf der Tanzfläche befanden sich ein Dutzend Pärchen, umringt von neugierigen oder nur beobachtenden Augen. Die Herren in Fracks wiegten die Damen im Walzertakt in ihren Armen. Margarete hörte das Rascheln der seidenen Unterröcke unter den Ballkleidern der tanzenden holden Weiblichkeit, als diese an ihr vorbeischwang. Wie ein sanft treibendes Meer aus zarten Farbtönen bewegte sich die Stoffpracht der Balltoiletten vor ihren Augen. Sie selbst trug ein Ballkleid aus taubenblauem Chiffon, umhüllt von einer zweiten luftigen Stofflage, die mit Blütenstickereien versehen war. An ihrem Dekolletee prangte wieder ihre Lieblingsbrosche und verträumt dachte sie, wie glücklich sie war zu diesem Fest eingeladen worden zu sein. Ihre Mutter hatte die Ballroben gekauft. Schließlich gehörte auch Margaretes Cousine zur Familie, und da Annettes Familie nicht gerade betucht war, fühlte sich Margaretes Mutter verpflichtet, ihrer Nichte die gleichen Annehmlichkeiten des Lebens zu ermöglichen wie ihrer eigenen Tochter. Aus der Ferne konnte sie erkennen, wie gut sich Annette mit Frau Biemann, der Gastgeberin dieser Abendgesellschaft, unterhielt und winkte ihr fröhlich zu.

„Sie tanzen nicht?" fragte unversehens die Stimme neben ihr.

Überrascht blickte sie in das fragende Gesicht, einem unverschämt grinsenden Antlitz mit dunklen Haaren, einer wohlgeformten Nase und hohen Wangenknochen. Es war Jonathan Stein. Der beste Freund von Dominik Schneider, einem Leutnant und stadtbekanntem Lebemann mit einem ausgeprägten Hang zu affaires d´coeurs.

„Nein, es hat mich bisher keiner aufgefordert!" antwortete sie mit einem gekünstelten Seufzen.

„Dann darf ich bitten? Sie spielen gerade den Zweiten Walzer!" Ohne *weitere Worte reichte er ihr den Arm und sie gliederten sich in die Tanzreihe ein, sich den Klängen ergebend.*

„Warum sind Sie wütend auf mich? Ich habe Ihnen nichts getan!" begann er die Konversation, nachdem sie sich eine Weile stumm dem Tanz gewidmet hatten.

Sie blickte zur Seite, als interessiere sie sich für die Tanzküste der anderen. „Sie haben mich diese Woche kein einziges Mal besucht, obwohl sie wussten, dass wir in unserem Stadthaus sind." Ihre Stimme klang pikiert.

„Hätte man mich denn vorgelassen? Schon einmal wurde ich abgewiesen."

„Der Ruf ihres Freundes färbt auf Sie ab, mon amie", erklärte sie scharf. „Bitte sagen Sie ihm, er soll Annette nicht den Kopf verdrehen. Sie ist noch sehr jung und leicht zu entflammen."

„Was Sie anbetracht ihres fortgeschrittenen Alters von zwanzig Jahren nicht mehr sind", spottete er, und sein Atem streifte sanft ihre Wange.

Margaretes Herz klopfte so laut gegen ihre Brust, dass sie dachte, gleich ohnmächtig zu werden. Seine Hand umschloss die ihre mit sanftem Druck. „Es gibt Dinge im Leben, die kann man nicht kontrollieren, Fräulein Putz. Das werden Sie irgendwann erkennen. Oder haben Sie kein Herz?" Fasziniert blickte sie auf seine sinnlichen Lippen, die so unverschämt treffende Worte formulierten.

„Nein, kein Herz, das zu vergeben wäre!" entgegnete sie trotzig, löste sich aus seiner Umarmung und knickste höflich. „Danke für den Tanz. Selbst die Liebe endet einmal wie dieser Walzer, und dann bleibt nur ein schales Gefühl und Bedauern!"

Er kam ihr wieder einen Schritt näher, zog sie an sich und flüsterte ihr ins Ohr: „Auch Sie werden Ihrer eigenen Leidenschaft eines Tages zum Opfer fallen!"

Verwirrt blickte sie in die wogende, tanzende Menge, die anscheinend nichts von diesem Tête-à-tête mitbekommen hatte. Ohne etwas darauf zu *erwidern, ließ sie ihn auf der Tanzfläche stehen, während der <Zweite Walzer> noch spielte.*

Sein düsterer Blick schweifte zuerst zwischen den Tanzreihen umher, bis er sich entschied eine heitere Miene aufzusetzen und mit gespielter Gleichgültigkeit die Schultern straffte.

Erneut stand sie davor, vor dem Mauerwerk, das so anspruch-erhebend auf diesen Platz und die Menschen wirkte. In Lydias Handflächen sammelte sich der Schweiß, als sie den Fuß in das Innere des Hauses setzte. Für einen Moment setzte der Schlag ihres Herzens aus und ein Gefühl des Friedens durchströmte sie, als sie um sich blickte. Die Stuckdecke war nicht mehr gelb, sondern fast grau. Was einst ein prächtiger Empfangsraum ge-wesen sein musste, zeigte nun die Spuren von Vernachlässigung und Zerfall. Der Boden war im Lauf der Jahre erneuert worden. Man konnte erkennen, dass die Fliesen aus der zweiten Hälfte des 20. Jahrhunderts stammten, doch wenn man in den nächsten Raum überging, hatte man wieder einen knarrenden Holzboden unter den Füßen. Von dem verschlissenen Teppich, der den Mittelpunkt dieses Raumes markierte sowie von den schweren Damastvorhängen, die von den massiven Gardinenstangen he-runterhingen, ging ein staubiger, muffiger Geruch aus.

Sie hörte, dass Schritte ihr folgten und drehte sich um: „Ich bin furchtbar schreckhaft. Also, solltest du vorhaben, dich an mich heranzuschleichen, verzeihe mir, wenn ich einen Schrei los-lasse", warnte sie Alex, aber in einem heiteren Tonfall.

Er hob kapitulierend die Hände. „Hab ich nicht vor!" Er ließ seinen Blick durch den Raum wandern, pfiff anerkennend und sagte: „Ich muss zugeben, ich hatte das Haus anders in Erinnerung. Heute wirkt es so geheimnisvoll."

Sie merkte an seiner Stimme, dass er scherzte und entgegnete: „Ich bin froh, dass du mitgekommen bist, auch wenn du nicht daran glaubst. Es ist nur seltsam, dass Maria und Irene nicht mehr herkommen wollten."

„Sie werden der Sache schon überdrüssig, glaub mir. Ich kenne die beiden. Sie stecken jedes Wochenende die Köpfe zusammen und schmieden neue Pläne. Was meinst du, wie oft ich schon gezwungen wurde, mit ihnen Tee zu trinken. Ich kannte dich übrigens schon, bevor ich dich heute zum ersten Mal gesehen habe. Maria ist sehr stolz auf dich und erzählt sehr viel aus deinem Leben." Er wandte sich zu ihr um, und ihre Blicke trafen sich.

„Dann weißt du ja alles über mich. Ich bin also kein Geheimnis mehr für dich", entgegnete sie nicht ohne Sarkasmus.

Seine Miene zeigte Erheiterung. „Sagen wir so, einige Dinge sind offen geblieben. Aber es ist schön, endlich ein Gesicht zu einem Namen zu haben."

Sie lächelte ihn an. Leider merkte sie, wie leichte Röte ihre Wangen überzog, also wechselte sie rasch das Thema, um ihre Verlegenheit zu verbergen. „Siehst du diesen Kachelofen?" Mit bewunderndem Blick fuhr sie über die bunt lackierten Kacheln, die Menschen im Alltagsleben darstellten. „Wie hübsch sie sind. Jede einzelne erzählt eine Geschichte. Großmutter wusste, dass mir dieser Ofen gefallen würde", erklärte sie weiter, seine näherkommenden Schritte wahrnehmend. Er stand einen halben Meter von ihr entfernt, die Hände tief in die Hosentaschen vergraben.

„Eigentlich ist es ein Jammer, dass dieses Haus leer steht und keiner mehr einen Nutzen davon hat", sagte er leise, fast wie zu sich selbst. Wieder verweilten seine Augen lange auf ihr und verlegen wich sie seinem Blick aus. Angestrengt versuchte sie die neuen Empfindungen in den Griff zu kriegen, als ein Schauer durch ihren Körper ging. Eine Unruhe erfasste sie; ein Ton, der zu einem lästigen Summen wurde, drang in ihr Innerstes. Sie presste die Hände auf ihre Ohren und lehnte sich gegen den Kaminofen, als fürchtete sie gleich in Ohnmacht zu fallen.

Besorgt umfasste Alex ihre Oberarme. „Passiert es wieder? Kannst du mir sagen, wo es ist?" Sein Tonfall hatte etwas Beschützendes.

„Ich kann sie hören. Sie versucht mit mir zu sprechen. Aber diesmal ist es eher ein unerträglicher Ton." Lydia presste die Zähne aufeinander, der Druck auf ihren Schädel war so groß, ihr wollte der Kopf zerspringen. Mit einem Mal richtete sie sich wieder auf und sagte mit fester Stimme: „Wir müssen nach oben. Sie ist oben. Ich höre ihren Gesang."

Wie in Trance eilte sie wieder zurück in die Empfangshalle, ohne Notiz zu nehmen von den Gegenständen und Restmöbeln, die noch verstreut herumstanden. Ihre Beine trugen sie die geschwungene Treppe hinauf in das Obergeschoss, wohin Alex sie schockiert und gleichermaßen fasziniert begleitete.

Sie sah einen langgestreckten Flur vor sich und bog in einen Seitengang ein, der anscheinend in einen Salon führte. Zwei verstaubte Amphorenvasen flankierten die weiß gestrichenen Flügeltüren. Als sie den muffigen Salon betrat, fühlte sie wieder die Kälte, die sie schleichend umfing. Allerdings fühlte sie auch Ruhe und Stille. Dort am Fenster materialisierte sich etwas vor ihren Augen, das zuerst nur schemenhaft als Gestalt zu erkennen war. Die weichen Konturen des langen, schmalen Körpers einer jungen

Frau wurden langsam deutlicher. Ihr Körper schwebte über dem Boden, und als sie sich zu den beiden herumdrehte, waren ihre Bewegungen fließend und ruhig. Die Erscheinung nickte ihnen zu. Auf ihren blutleeren Lippen lag ein sanftes, beinahe nur angedeutetes Lächeln. Zudem schien sie eine Engelsgeduld auszustrahlen. Sie wartete ja schon ein Leben lang. Eine Melodie summend, drehte sie ihren Kopf wieder zum Fenster.

Du bist lange nicht gekommen. Ich habe gewartet. Ich habe immer gewusst, du kommst wieder.

„Wer bist du?" Lydias Stimme klang atemlos und brüchig.

Ich bin es. Margarete.

Die Konturen der Gestalt wirkten nun verschwommen, und als sie sich den beiden wieder zuwandte, war das Gesicht bleich und um die Augen lagen dunkle Schatten. Ihr geisterhafter, bohrender Blick war immer noch auf Lydia gerichtet.

„Auf *wen* wartest du?" fragte Lydia weiter, und die Kälte in ihren Gliedern ließ sie zittern wie ein heftiger Schüttelfrost.

Ich tanze allein im Dunkeln.

Lydia sah, wie sich die Lippen der weißen Gestalt bewegten, doch die Worte kamen wie aus der Ferne. Wie ein erlöschendes Licht war sie plötzlich verschwunden.

Sie spürte eine Hitze in ihr aufsteigen, die willkommener war als die vorige Kälte, doch diese Hitze schien sich von einem bestimmten Punkt auszubreiten. Die Wärme, die von ihrer Hosentasche ausstrahle, versengte ihre Jeans, so dass sie geistesgegenwärtig mit ihrem Pulloverärmel das heiße Medaillon aus ihrer Hosentasche zog, um es in die Ecke zu werfen, in der nichts mehr zu sehen war als fahle Sonnenstrahlen, die sich durch das dichte Geäst der Bäume einen Weg gebahnt hatten.

Lydia hatte Alex völlig vergessen. Unwillkürlich kam es ihr in den Sinn, dass er irgendwo in der Nähe sein musste, und sie irrte sich nicht. Starr vor Schreck oder Unglauben lehnte er an der Wand, direkt hinter ihr. Mit der scheußlich gemusterten Tapete im Rücken wirkte die ganze Situation völlig grotesk. Ihr Mund schnappte auf, und sie begann hysterisch zu lachen.

„Bitte, sag, dass dieses Etwas nur eine Sonnenreflexion war", wisperte er leise. Er war bleich im Gesicht.

Ihr Lachen ebbte langsam ab. „Nein, das war Margarete. Und ich bin froh, dass *du* sie auch gesehen hast."

*

Sie saßen wieder alle vereint, aber diesmal in Marias Wohnzimmer. Das Licht der Straßenlampen schimmerte durch die heruntergelassenen Jalousien hindurch. Über den Köpfen der Anwesenden verströmte ein großer, fünfarmiger Lüster ein warmes, angenehmes Licht. In harmonischer Eintracht hatten sich Irene, Alex und Lydia am Tisch versammelt. Maria kam hereinspaziert mit ihrem Holztablett, auf dem vier Tassen mit Teebeutel, eine Zuckerdose und ein reich gefüllter Teller mit Keksen standen.

„Ich brauche jetzt einen Kaffee, einen starken Kaffee", sagte Lydia mit einem entschuldigenden Lächeln zu ihrer Großmutter und rettete sich mit schnellen Schritten in die Küche.

Eine Unruhe erfasste sie, obwohl die anderen drei ihr durch ihre Gesellschaft Geborgenheit und Ruhe spenden sollten. Doch ihre Hände zitterten. Ihre Feinmotorik ließ sehr zu wünschen übrig, das musste sie sich leider eingestehen, als sie nach der

Kaffeekanne griff und beim Eingießen in die Tasse kleckerte. Mit der fest umklammernden Tasse kehrte sie wieder in den Raum zurück, wo ihr sechs forschende Augenpaare begegneten. „Also, was lest ihr in meinen Augen?" wollte sie wissen.

Irenes Augen wurden schmal. „Angst!"

„Verzweiflung und Neugier." Alex stand vom Tisch auf, marschierte zum Sofa und lehnte sich mit einem Keks zwischen den Lippen in die gepolsterten Rückenkissen zurück. „Und das ist eine gefährliche Mischung. Dieses verfluchte Haus sollte man verbarrikadieren."

„Das muss ein Ende haben, Lydia", befahl ihre Großmutter energisch. Ihre Hände lagen auf ihren Knien und der Ausdruck ihres Körpers hatte etwas Bestimmtes. „Es wäre wohl das Beste, du nimmst dir morgen einen Tag frei, schläfst aus und fährst dann heim. Bis morgen Abend hast du alles vergessen."

„Glaubst du das wirklich? Als könnte man so eine Erfahrung vergessen!" Lydia machte eine ausladende Geste. „Ich muss hier bleiben, und sie fragen, was sie von mir will!" entschied sie plötzlich.

Maria sackte leicht in sich zusammen. Geschwächt ließ sie sich auf die Stuhllehne zurückgleiten. „Das ist nicht gut! Es ist alles meine Schuld. Hätte ich dir das Medaillon bloß nicht gezeigt! Es liegt sicher am Medaillon. Wir geben es ihr zurück." Keiner der Anwesenden ging auf ihren Vorschlag ein, also verfiel sie wieder ins Grübeln.

Lydia senkte die Augen. Ihre Stimme war leise. „Ich habe das Medaillon im Haus liegen lassen. Wenn es das ist, was sie haben wollte, dann hat sie es bereits."

„Für wen hält dich denn Margarete?" wollte Irene jetzt wissen.

Sie saß neben Maria am Tisch und hatte bisher Tee und Kekse nicht angerührt.

„Ich weiß es nicht. Sie hat mich nicht mit Namen angeredet." Wort für Wort gab Lydia das Gehörte wider, erzählte von der Kälte und der plötzlichen Erscheinung, während Alex unterbewusst nickte.

„Auf den Brief bezogen, würde ich auf Annette tippen. Sie hatte sich an dem Abend anscheinend unmanierlich verhalten und eine Dummheit begangen. Und möglicherweise sehe ich Annette ähnlich", mutmaßte Lydia. Der heiße Kaffee belebte wieder ihren Geist.

„Sie ist vielleicht an jenem Abend mit diesem Casanova durchgebrannt und seitdem verschwunden. Nun wartet Margarete auf sie, weil sie dachte, sie müsse ihre Freundin beschützen", flocht Irene die Geschichte weiter. „Wir müssen natürlich noch rausfinden, in welcher Beziehung die beiden Frauen zueinander stehen."

„Was ist das überhaupt für ein Brief?" fragte Alex.

„Du interessierst dich für diese Sachen doch gar nicht. Aber wenn du willst, lass ich ihn dich später lesen." Irenes Tonfall klang von oben herab.

„Natürlich zeige ich jetzt Interesse an dieser...dieser Sache", ereiferte er sich. „Schließlich habe ich es auch gesehen. Schon vergessen."

Irene rollte mit den Augen. „Aber du hast sie nicht gehört. Das ist ein Unterschied!"

„Dennoch hab ich es wahrgenommen."

Um einen weiteren Streitdialog zu vermeiden, mischte sich Lydia wieder ins Gespräch. „Das ist doch jetzt egal. Wir müssen herausfinden, um was es hier geht. Warum ist Margarete noch in dem Haus?"

„Vielleicht hängt der Brief mit der Erscheinung zusammen. Irene und ich finden den Brief in der Kaminuhr. Etwas später sieht Lydia diese Erscheinung, die angeblich Margarete ist – die, für die der Brief bestimmt war", versuchte Maria langsam zu rekapitulieren, als ihr plötzlich etwas anderes einfiel. „Oh nein, was wenn wir diese Erscheinung heraufbeschwört haben?" Sie blickte Irene mit schuldbewusster Miene an. „Irene, wir beide! Wir haben beschlossen, dass Margarete unsere geheimnisvolle Briefempfängerin sein sollte. Es ist doch kein Zufall, dass Lydia ihr im Haus begegnet ist. Unsere Gedanken haben sie heraufbeschworen!" Marias Augen wurden glasig.

„Mach dir keine Sorgen, Oma, ich bin nervlich im Stande, das hier zu ertragen. Mir geht es gut." Lydia trat hinter sie, die in ihrem Stuhl wie ein Häufchen Elend zusammengeschrumpft war. In einer beruhigenden Geste umschlangen ihre Arme den Oberkörper ihrer Großmutter. „Ich werde morgen früh bei meinem Chef anrufen und für ein paar Tage Urlaub nehmen. Und dann werde ich etwas Recherche betreiben, erst mal im Internet. Dann sehen wir weiter."

„Du kannst hier online gehen?" Alex horchte auf.

„Ja, ich habe mein Notebook dabei und meinen Internet USB-Stick", meinte sie mit einem amüsierten Blick. „So bin ich immer mit der Welt verbunden." Sie zwinkerte. „Eigentlich hatte ich vor alles zu dokumentieren und meinem Chef die Fotos interessanter Antiquitäten zu mailen. Mein Plan war, alles was sich noch im Haus befindet, zu katalogisieren. Es hätte ja sein können, dass irgendwo noch ein Schmuckstück wartete, entdeckt zu werden.

Keiner hat mich darauf vorbereitet auf Geisterjagd zu gehen." Sie zuckte mit den Schultern. Ihr Gesicht drückte Sarkasmus aus.

Alex stand auf und wischte sich die Krümel von der Hose. „Ja, natürlich. Wir werden die Spur gemeinsam aufnehmen, wenn du willst?" Sein offenes Lächeln betörte sie erneut und freudestrahlend willigte sie ein, schon deswegen, weil sie ihn morgen wieder sehen würde.

„Ich denke, wir sollten jetzt gehen. Lydia hatte einen sehr aufregenden Tag. Wenn wir nicht gehen, werde ich sie noch ins Bett bringen müssen, weil sie uns hier unten einschläft", gab er scherzhaft von sich, Irene mit sich ziehend.

Lydia lächelte sinnierend. Seine Besorgnis um ihren körperlichen Zustand war rührend.

Es waren nicht einmal ganze drei Minuten vergangen, da saßen Maria und ihre Enkelin sich wieder allein gegenüber.

„Du bist sehr still." Lydia fixierte ihre Großmutter mit ihren braunen, von Müdigkeit überschatteten Augen.

Marias Haltung drückte eine Mischung aus Apathie und Sorge aus. Mittlerweile hatte sie sich in ihren Sessel gesetzt. Die Arme lagen schwer auf den leicht verschlissenen Armlehnen. „Ich wünschte, du würdest dich nicht mit dem Geist dieser Toten belasten."

„Aber sie hat sich mich ausgesucht. Kann ich sie ignorieren? Wie oft begegnet man einem solchen übersinnlichen Phänomen?" Lydia streckte sich auf dem Sofa aus, legte ihre Hände unter das kleine, bestickte Kissen und bettete ihren Kopf darauf. Von ihrer liegenden Position aus beobachtete sie, wie Maria den Tisch abräumte.

„Warte, ich helfe dir gleich", murmelte Lydia ins Kissen.

„Nicht nötig, mein Kind. Es ist nur das Tablett. Wir spülen morgen ab. Ruhe dich aus."

Als Maria wenige Augenblicke später ins Wohnzimmer zurückkehrte, war Lydia eingeschlummert. Vorsichtig legte sie eine dicke Fleecedecke über den schlafenden Körper, löschte das Licht und tapste hinauf in ihr Schlafzimmer.

*

Der Badspiegel zeigte ein aufgequollenes Gesicht mit dunklen Augenringen. Noch nie hatten ihr die morgendlichen Sonnenstrahlen Schmerzen bereitet, doch an diesem Morgen blinzelte sie mit Tränen in den Augen gegen das Licht, das durch das große Badfenster drang.

In Gedanken ging sie noch einmal das Gespräch durch, das sie mit ihrem Abteilungsleiter geführt hatte. Er hatte nicht gerade begeistert geklungen, als sie ihn spontan um drei Tage Urlaub gebeten hatte, doch er hatte eingewilligt. Als Grund hatte sie Großmutters angeblich angeschlagene Konstitution angeführt, was natürlich eine Lüge war, die jedoch glaubwürdig klang. Auf ihrem Tisch würde sich zwar die Arbeit stapeln, dennoch sah sie der Arbeitsflut recht gelassen entgegen - war doch die Verlockung einer paranormalen Begegnung zu groß. Wovor sie sich am Anfang so sehr gefürchtet hatte, schien nun einen gewissen Reiz auf sie auszuüben. Die Aussicht, dem Ursprung dieses Briefes und der damit verbundenen Erscheinungen auf den Grund zu gehen, würde sie antreiben.

Nachdem Lydia ihrem morgendlichen Ritual nachgegangen war, suchte sie nach einer Bluse in Großmutters Schrank. Nur mit ihrer

Jeans und BH bekleidet, stand sie vor der Auswahl an gerüschten Blusen in verschiedenen Cremetönen.

„Und? Schon was gefunden?" Maria stand im Türrahmen.

„Nein, nicht wirklich."

Ihre Großmutter trat an sie heran und zeigte auf eine weiße Bluse mit dezenter Berüschung. „Nun, das sollte doch gehen, oder? Es ist heute so warm. Fast schon zu sommerlich für Ende April. Du wirst in dem Pullover schwitzen."

Kopfnickend nahm sie die Bluse entgegen und probierte sie an. „Okay, das hier wird gehen. Schließlich kommen alle Trends wieder. Retro ist immer gut." Lydia knöpfte die Bluse zu.

Maria lachte herzhaft. „Es ist so schön, dass du da bist. Denk nicht, ich bin eine alte, verwirrte Frau, weil ich so viel alleine bin. Na ja, vielleicht bin ich es ja ein bisschen! Aber seitdem du da bist, fühle ich mich so lebendig. Du bist mir doch nicht böse wegen dieser Geschichte mit dem Brief, oder?"

„Aber nein, warum sollte ich? So habe ich jedenfalls herausgefunden, dass ich empfänglich bin." Sie warf einen prüfenden Blick in den großen Schrankspiegel. Die Bluse war etwas weiter, aber dafür tailliert.

„Vielleicht ist das aber gar nicht so gut?" Maria beförderte Lydia aus dem Zimmer. „Weißt du übrigens, dass Margarete auf dem St. Johannis Friedhof begraben liegt. Das hat mir Irene erzählt, als ihr beiden gestern im Haus ward. Deswegen wusste sie auch genau, wann Margarete geboren und verstorben ist. Natürlich hatte sie früher dieser armen Frau nicht soviel Aufmerksamkeit geschenkt, doch besser spät als nie."

Lydia blieb mitten auf den Treppen stehen. „Wie ist noch mal der volle Name von Margarete?" fragte sie atemlos.

„Margarete Putz!"

Lydia wirbelte zu ihrer Großmutter herum. „Hast du auch einen Stadtplan hier?"

„Nein, aber wir könnten auch mit der Straßenbahn hinfahren, wenn du möchtest?"

Lydia war bereits unten im Flur. „Nimm es mir bitte nicht übel. Aber ich muss allein zum Friedhof. Sonst kommt vielleicht kein Kontakt zustande!" Sie zog ihre Schuhe an und suchte hektisch nach ihren Wagenschlüsseln. Sie winkte Maria ein „Tschüss" zu, die sie völlig entgeistert ansah und ihr hinter rief: „1291! Auf der östlichen Seite!"

„Ich werde irgend jemandem nach dem Weg fragen. Mach dir keine Sorgen", schmetterte sie in den Raum und zog die Tür hinter sich zu.

Es war keine halbe Stunde vergangen, da bog sie bereits in die Johannisstraße ein. Neben dem Friedhof war ein langgestreckter Parkplatz, auf dem momentan nur zwei Autos parkten. Den Haupteingang zum Friedhof bildete ein großer Torbogen, der sich über die Steinmauer erhob und schon von weitem zu sehen war. Folgte man den betonierten Spazierwegen, so konnte man drei Wege einschlagen. Lydia entschied sich, erst mal geradeaus zu laufen und ihren Blick über die schier endlosen Reihen an Steinsarkophagen schweifen zu lassen. Es gab auch einige neue Gräber mit bescheidenen Ausschmückungen, doch die Vielfalt an beeindruckenden Grabmälern hielt ihren Blick gefangen. Nicht ohne Grund rühmte sich die Stadt mit dieser jahrhundertealten Begräbnisstätte, die Berühmtheiten und Bürgerliche aus sechs Jahrhunderten beherbergte.

Der Morgendunst hatte sich verflüchtigt, der Himmel klärte

sich auf und machte der Sonne Platz, deren noch matter Glanz die Gräber bedeckte. Weinende Engel, die in stummer Trauer vornübergebeugt auf Ruhestätten thronten sowie Heiligenbilder aus Stein gemeißelt und von Rankengewächsen umgeben, mischten sich mit meterhohen, imposanten Denkmälern, die mehrere Familiengenerationen aufwiesen, was, wenn man der Inschrift folgte, die lange Reihe von Namen preisgab. Lydia konnte ihren Blick nicht einen Augenblick ruhen lassen. Er wanderte von einem Grab zum Nächsten. Sie verließ den breiten Weg und bewegte sich zwischen den sehr dicht aneinander liegenden Gräbern vorbei, die oftmals nur einen schmalen Durchlass offen ließen. Die liebevollen Grabinschriften erzählten von der Liebe, Verzweiflung und Trauer der Hinterbliebenen, aber auch vom Leben, das die Verstorbenen geführt hatten. Während sie den westlichen Friedhofsteil durchschritt, der mit Prunkgräbern überhäuft war, auf denen schlafende Knaben, Putten, Totenschädel und Sanduhren an die Vergänglichkeit erinnerten, bezauberten sie die herrlichen Rosenbüsche mit ihrer Anmut, die einen faszinierenden Kontrast zu dem tristen Grau der Sandsteinplatten bildeten. Sie kam an einem verlorenen Torbogen vorbei, von wo aus sie direkt auf die Johanniskirche blicken konnte. Der schmale, einschiffige Bau des Langhauses stach durch seinen mandarinfarbenen Anstrich und den schlanken, hohen, hell umrahmten Fenstern deutlich hervor. Wie umzingelt stand die Kirche da, ein Hort der Ruhe und Beschaulichkeit, bereit, all jenen den Trost zu spenden, der ihnen woanders versagt geblieben war.

Völlig in Gedanken vergaß sie die Zeit und ihr Vorhaben, Margarate Putz ausfindig zu machen, wenn es überhaupt eine Chance gab, sie jemals unter so vielen Gräbern zu finden. Viele der Gräber waren nummeriert, schon deshalb, um die Adligen, Stadtgründer, Maler, Handwerker und Dichter besser zu finden. Da Margarete kaum zu dieser Sorte gehörte, sah sie schon all ihre Hoffnung schwinden. Wenigstens war der Friedhof in Bereiche unterteilt. Auf dem historischen Teil brauchte sie nicht zu suchen, dort würde sie Margarete nicht finden, da sie erst 1936 gestorben war, also kehrte Lydia wieder in den vorderen Bereich zurück. Ihre Beine fühlten sich schwer an, es kam ihr so vor, als wäre sie stundenlang gelaufen. Mittlerweile war sie nicht mehr alleine auf dem Friedhof. Ein betagter, untersetzter Mann grüßte sie freundlich auf seinem Weg zur Kirche, und sie nickte höflich zurück. Obwohl die wärmenden Strahlen auf ihrem Rücken ein angenehmes Kribbeln auslösten, erfasste sie ein Schwindelgefühl, so dass sie beinahe taumelte. Bisher hatte sie vier lange Reihen durchkämmt, doch nichts gefunden. Langsam kam es ihr auch lächerlich vor, ein Grab zu suchen. Es war als suchte man eine Nadel im Heuhaufen. Nun hatte sie den östlichen Teil erreicht, der mit einheitlichen Gräbern versehen war. Allein die großen Blumenschalen, die auf den Grabplatten oder vor den Sockeln standen, sorgten für einen eher bescheidenen Grabschmuck.

Sie wollte noch einen Versuch wagen, bevor sie wieder den Nachhauseweg antrat, als ihr die Nummer einfiel, die ihr Großmutter hinterher gerufen hatte: 1291! Das musste ihr Grab sein. Wieder fing sie an, den Bereich zu durchforsten, diesmal aber in numerischer Reihenfolge. Ein krummer Baum durchschnitt eine Reihe von Gräbern und neigte sich mit seinem Geäst über ein Grab, als wollte er es damit schützen. Als Lydia näher trat, sah sie bereits die runde Trauertafel auf der Grabplatte des Sarkophages hervorblitzen, als das scheckige Licht darauf fiel. Sie war von einem bronzenen Lorbeerkranz geschmückt, der die goldene Inschrift umrandete:

Hier ruht in Gott
Margarete Putz
Geb. 1883 Gest. 1936
Der Staub zu Staube.
Der Geist zu Gott.

Lydia wartete. Die Anspannung war so groß, dass ihr die Glieder schmerzten. Sie starrte gebannt auf die Epitaphe, als stünde dort viel mehr, als zu sehen war. Dann warf sie einen hastigen Blick in alle vier Himmelsrichtungen, bevor sie flüsterte: „Ich bin hier. Was lässt dich nicht ruhen, Margarete?" Doch die Antwort blieb aus. Alles was sie im Hintergrund hörte, war der Lärm des Straßenverkehrs.

Sie kam sich zunächst albern vor und blickte nach allen Seiten, als fühlte sie sich beobachtet, doch dann kam ihr in den Sinn, dass viele Besucher mit ihren Verstorbenen redeten, was sie wieder etwas mutiger machte.

Erneut versagten ihr die Beine den Dienst. Für eine kurze Weile wollte sie sich gegen den krummen Baum lehnen. Vor ihren Augen begann es zu flirren, ein diesiger Film schien sich auf ihre Augen zu legen. Hätte ich doch wenigstens gefrühstückt, dachte Lydia und schob die Rebellion ihres Körpers auf das fehlende Frühstück. Einige Sekunden schloss sie die Augen, um sich zu beruhigen, was jedoch nicht die gewünschte Wirkung zeigte. Mit dem nächsten Augenaufschlag hatte sich alles verändert. Es war heller, ruhiger, doch kälter, da eine weiße glitzernde Schicht die

Gräber bedeckte. Margaretes Grab war verschwunden. An jener Stelle war nur festgestampfte Erde und unter dem schmelzenden Schnee spärlich wachsendes Gras zu sehen. Die Fassade der Kirche hatte ihren farbenfrohen Anstrich verloren, die Aufteilung des Totengartens wirkte anders. Einzig der Baum blieb an ihrer Seite, und hilfesuchend klammerte sie sich an diesen Orientierungspunkt, der die Jahrzehnte anscheinend gut überdauert hatte. Sie brauchte nicht lange zu überlegen, um herauszufinden, wo sie sich befand. Obwohl alles um sie herum leicht verschwamm, hörte sie die Geräusche einer anderen Zeit. Margaretes Zeit! Sie ging ein paar Schritte auf ein anderes Grab zu, das mit Schalen, aus denen winterharte Pflanzen überquollen, überhäuft war. Schon von weitem sah sie den Namen auf der Grabplatte stehen: Annette Lauter!

Sie wartete mit nach vorne geneigtem Kopf an Annettes Grab. Dann hörte sie unversehens das Rascheln von Seide hinter ihrem Rücken und drehte sich um. Margarete hatte die linke Hand auf ihre Schulter gelegt zum Zeichen der Trauer und des Dankes über ihr Erscheinen, doch Lydia spürte nichts, nicht einmal den leichtesten Druck.

Es ist schön, Sie hier zu finden. Sie würde sich freuen.

Sie hörte Margaretes melodische Stimme. Ihre behandschuhten Hände ergriffen die ihren und suchten Trost und Halt. Lydia war wie gelähmt vor Angst und Unsicherheit. Das schöne Gesicht vor ihr war ihr so nah, sie streckte die Hände aus, um Margaretes kaltes Gesicht zu berühren, doch sie fühlte nichts, nur eine bleierne Schwere in ihren eigenen Händen.

Ich bin es ihr schuldig, schließlich ist es auch meine Schuld. Außerdem hoffte ich, Sie zu treffen, da ich weiß, dass Sie täglich herkommen.

Sie hörte den stummen Monolog in ihrem Kopf, doch sie selbst konnte nicht reden, als wäre ihr Mund verschlossen. Die Szene kam so unerwartet und unterbewusst trat sie einen Schritt zurück, weswegen sie über Annettes Grab stolperte und zu Boden fiel. Geschwächt lag sie auf dem schmutzigen Schnee, den sie jedoch weder spürte noch roch. Margarete schien unbeeindruckt von diesem Vorfall, nahm ihn gar nicht wahr. Jetzt bemerkte Lydia erst, mit wem sich diese geisterhafte Erscheinung unterhielt. Sie hatte gar nicht mit Lydia gesprochen, sondern mit einem Mann, der ihr genau gegenüberstand, und auf welchem Platz Lydia vorhin gestanden hatte. Ihr Blick wanderte langsam von seinen schwarzen Schuhspitzen, die unter seiner Hose hervorlugten, zu der grauen Weste und dem dunklen Jackett, das ihn überaus elegant kleidete. Fasziniert betrachtete sie das markante Gesicht mit den stechenden Augen. Lydia lag immer noch auf dem Boden, doch unter aller Kraftaufbietung rappelte sie sich auf und folgte dieser geisterhaften Unterredung.

26. Februar 1905

Margarete schniefte in ihr Taschentuch. „Das Haus ist so leer ohne Annette. Mutter meint, wir sollten uns zurückziehen in unser anderes Haus am Stadtrand, wo es ruhiger ist." Sie schluckte, ihre glasigen Augen versuchten die Tränen zu verbergen, doch es gelang ihr nicht. Es brach flutartig aus ihr heraus: „Ich hielt es für eine Schwärmerei, nicht mehr. Als sie sich mir anvertraute, lachte ich über ihr mädchenhaftes Verliebtsein. Dominik hat sie benutzt, ihre Unerfahrenheit ausgenutzt, ihr alles genommen, was sie hatte." Ihre Stimme klang zittrig, kraftlos hielt sie die Hand vor den Mund.

„Er hätte nicht so weit gehen dürfen. Ein Mann mit seinem Erfahrungsschatz hätte es besser wissen müssen. Ein Mädchen wie Annette war keine

Gespielin." Jonathan schien es aufrichtig leid zu tun. Er brachte die Worte nur mit Mühe heraus.

„Annette hat viel gegeben, und sie konnte nicht verstehen, dass sie nach all dem nur eine Affäre für ihn war. Natürlich glaubte sie in ihrer Naivität, er würde sie heiraten", folgerte sie mit leerem Blick.

„Es liegt nun schon fünf Wochen zurück. Vielleicht verletzt es Ihr Taktgefühl, wenn ich Annette so beiseite schiebe und wieder davon anfange, dennoch glaube ich, wir sollten jetzt an uns denken. Ich habe hier ein Geschenk für Sie." Aus seiner rechten Jackettasche zog er ein in Papier umwickeltes Kästchen hervor.

Überrascht nahm Margarete es entgegen. Als sie es von dem Papier befreite und die Schachtel öffnete, zeigte sich ein sanftes Lächeln auf ihren Lippen. „Oh, Jonathan, das ist ein wunderschönes Medaillon. Wie kunstvoll gefertigt." Sie strich beinahe zärtlich über die ornamentale Ausschmückung auf der Oberfläche, bevor sie es aufklappte. Zu ihrer noch größeren Freude blickte ihr das eigene Antlitz entgegen. „Aber das ist ja eine Photographie von mir. Deshalb wollten sie, dass wir zusammen ins Fotoatelier gehen!" Ihr Lachen perlte von ihren Lippen. „Ich danke Ihnen. Es wird ewig in der Nähe meines Herzens verweilen." Sie umschloss das Medaillon mit ihren Fingern und legte die geballte Faust an ihre Brust.

„Gehen wir ein Stück?" schlug Jonathan vor, dann sprach er in einem ruhigen, sanften Ton weiter: „Ich weiß, ich bin keine angemessene Partie für Sie, Margarete. Trotz meines Geldes und meiner Position bin ich Ihrer nicht würdig, doch ich würde Sie bitten, es sich zu überlegen", meinte er sichtlich angestrengt und mit der Fassung kämpfend.

Margarete reagierte erst nicht, ihr Blick war auf den Boden gerichtet, ihr Kopf lag schräg, als hätte sie Mühe, seine Worte zu verstehen. „Ich werde eine Kerze für Annette anzünden."

Sie betraten die kleine Kirche mit dem Steinboden, dem schmalen Gang *zwischen den zwei langen Reihen von dunklen Holzbänken. Vorne war der Hochaltar aus dem fünfzehnten Jahrhundert, zu dessen Füßen am Treppenabsatz bereits einige Kerzen brannten.*

„Sie erwartete von Dominik ein Kind, deshalb war sie so verzweifelt gewesen", sagte Margarete unvermutet und sah Jonathan dabei prüfend an.

„Aber das wusste ich nicht."Jonathans Stimme klang entsetzt.

„Deswegen nahm sie sich das Leben." Margaretes Stimme klang kühl und distanziert. „Ich werde Sie nicht heiraten, Jonathan. Unter diesen Umständen scheint es unmöglich. Dominik gehört immer noch zu den Leuten, die Sie sehen", erklärte sie bestimmend. Sie zog eine Kerze aus ihrer Handtasche und entzündete sie an einer bereits brennenden Kerze, dann stellte sie diese daneben. Kurz faltete sie die Hände zusammen und neigte stumm den Kopf. Als sich Margarete wieder zu ihm wandte, lag auf ihrem Gesicht eine undurchdringliche Maske, bar jeder Gefühlsregung.

„Ich kann nicht mehr tun, als ihn bei unseren Zusammentreffen zu schneiden. Schließlich bewegen wir uns in denselben Kreisen. Wir reden kein Wort!" erklärte Jonathan laut und nahm sich sofort wieder zurück, als ihr Blick ihn erinnerte, wo er sich befand. Er versuchte, Margaretes Hände besänftigend an sich zu ziehen, doch mit wenig Erfolg, denn Margarete setzte sich an den Rand der hintersten Bankreihe und lehnte sich zurück. „Sie könnten ihn denunzieren", entgegnete sie nüchtern.

„Sein Ruf eilt ihm voraus. Man kennt ihn und ich könnte ihm kaum mehr Schaden zufügen, als er sich selbst schon zugefügt hat. Würde ich ihn wegen jeder Liaison anklagen, käme ich aus dem Reden nicht mehr heraus. So war er schon immer, und sie war eine von vielen!" Jonathans Stimme klang nun verstimmt.

Doch unvermutet bekamen Margaretes sonst so gütigen Augen plötzlich einen eigenartigen Glanz, beherrscht von leidenschaftlichem Hass, als sie weitersprach: „Sie mag eine von vielen gewesen sein, doch sie war einzigartig.

Bereit alles zu geben, ihr Herz darzubieten als ein Geschenk. Was hat er getan? Es genommen, um es wieder auszuspeien und zu besudeln. Sie kannten sie nicht, wie könnten Sie es jemals verstehen", brach es aus ihr hervor. „Sie war meine Cousine, keine Dirne!" Sie machte eine Pause, als müsste sie neue Kraft sammeln, um weiterzureden. „Ich will Sie nicht mehr sehen, Jonathan. Sie haben kein Verständnis für meinen Kummer und Sie gehören zu dem Kreis meiner Feinde dazu, wenn man es genau betrachtet", entschied sie energisch und stand auf. Es war alles gesagt.

„Feinde! Ist das alles, an was Sie denken können? Rache? Was verlangen Sie von mir, Margarete? Was?" Jonathan schien verzweifelt, seine Stimme hallte von den Wänden, doch dann verlor sie sich in einem dumpfen Bitten nach Antwort, bevor sie sich gänzlich verlor. Sie starrte ihn nur wortlos an, bis er sich umdrehte und die Kirche verließ.

Lydia bebte am ganzen Körper. Dunkelheit hielt sich noch umfangen, nur unterschwellig fühlte sie Jonathans Erregung und seine Wut in ihr wüten. Die Schatten auf dem Boden und den Wänden verschwanden. Glücklicherweise kroch wieder Wärme in Lydias Glieder und sie fühlte, dass der Druck in ihrem Kopf wieder nachließ. Ein höchst unwillkommener Schmerz durchfuhr Lydias Körper ruckartig, und sie ließ sich auf die Bank fallen. Margarete und Jonathan begannen sich aufzulösen. Sie verschwammen zu flüchtigen Farbschattierungen. Wie ein Vorhang zersetzte sich die ganze Szenerie um Lydia in wenigen Sekunden.

Sie fühlte Erleichterung in sich aufsteigen, doch ihre Lippen wiederholten die gleichen Worte immer und immer wieder. „Was verlangen Sie von mir?" Ihr Kopf lag auf ihrem angewinkelten Arm, den sie auf die Gesangsablage gestützt hatte. Das erste was sie sah, als sie die Augen aufschlug, war das Jesuskreuz. Helles

Tageslicht flutete durch die hohen Fenster und bedeckte den Passionsaltar, den Schrein, und die Wandmalereien mit einem sanften Schimmer.

Sie bemerkte, dass nun die Holzbänke einen hellen, cremefarbenen Anstrich hatten, der Geruch von brennenden Kerzendochten sich mit einer blumigen Duftnote vermischte, während die gewohnte Geräuschkulisse regen Straßenverkehrs von draußen die Stille durchbrach. Ihr Kopf fühlte sich wunderbar leicht an, und das Getriebe ihrer Gedankenwelt setzte erneut zur Arbeit an. Was war passiert? Wie war sie hergekommen? Konnte es sein, dass sie wie ein Schlafwandler den beiden geisterhaften Schatten gefolgt war? Nur so schien es plausibel! Wie Irrlichter hatten sie sich bewegt, waren von einem Ort zum anderen gewandelt, um sich ihr mitzuteilen. Nur gut, dass die Kirche menschenleer war, sonst hätte man sie als schwachsinnig hingestellt. Sie selbst musste wie ein verlorener Geist gewirkt haben, der unsichtbaren Schatten folgte. Blitzartig schoss ihr der nächste Gedanke in den Kopf. Ihr Erlebnis mit Alex zu teilen.

Ihr Kopf fuhr ruckartig herum, als sie das Quietschen der Kirchentür hörte. Sein Kopf lugte zwischen der dicken, eisenbeschlagenen Holztür hervor. Er kam näher, begierig alles zu hören. Vorsichtig legte er eine Hand auf ihre Schulter. „Und?"

„Ich war dabei. Margarete ließ mich etwas sehen", begann Lydia, als sein fragender Blick sie beinahe durchbohrte.

Alex sah sie mit seinem entwaffnenden Lächeln an, doch es hatte auch eine Spur von Besorgnis. „Ich wollte dich heute morgen besuchen und zu einem Kaffee einladen. Deine Großmutter erklärte mir, du wärst auf dem Weg zum Johannisfriedhof. Da bin ich dir gefolgt. Ich stand draußen und habe beobachtet, wie du die

Kirche betreten hast – dein Blick war gefangen von etwas, das ich nicht sehen konnte. Ich wollte nicht dazwischen gehen."

„Dann hast du es diesmal nicht gesehen", folgerte sie.

„Nein, ich habe nichts gesehen, außer dir. Du hast mit dir selber geredet. Dann wie verrückt etwas angestarrt." Er schaute ihr direkt in die Augen.

„Nein, sie waren da. Oder war es Einbildung? Es war so real!" Sie stand auf und blickte hinauf zu der Galerie, um sich zu vergewissern, dass auch sonst niemand mehr in der Kirche war.

Alex sah sie nicht ohne Neugier an. „Vielleicht erzählst du mir alles?"

Lydia nickte und strich sich eine Strähne aus dem Gesicht. „Das werde ich. Wenn dein Angebot zum Kaffeetrinken noch gilt? Ich hatte übrigens kein Frühstück!"

∽ 4. Kapitel ∾

Im Café war erstaunlicherweise ziemlich viel Betrieb für einen Montagmorgen. Hinter der Theke hörte man gedämpfte Radiomusik, aus den Cappuccinomaschinen drang das Geräusch der aufschäumenden Milchhäubchen. Lydia und Alex saßen an einem Fensterplatz. Um sie herum waren die Tische zur Hälfte besetzt.

Während sie einen Bamberger in ihre Kaffeetasse tauchte, saß Alex ihr breitbeinig gegenüber, den Rücken in die Mulde der Plastiklehne drückend. Sie erzählte ihr Erlebnis, ohne auch nur ein Detail wegzulassen, schilderte die Umgebung, die Kleidung und die Emotionen, die sie so real erlebt hatte. Bemüht, ihm das Gehörte und Gesehene wiederzugeben, gestikulierte sie wild mit den Händen, als benötigte sie diese als gedankliche Stütze. Er folgte ihren Bewegungen mit gespannter Miene und hörte ihr zu, wenn er sie auch gelegentlich unterbrach, um nachzuhaken, doch er musste sich langsam eingestehen, dass dieses völlig irrationale Ereignis auch für ihn interessant zu werden begann.

„Es ist völlig verrückt, doch sie hat mich zum Schluss angesehen. Sie wollte mir mit dieser Szene etwas sagen", schloss sie ihre Erzählung und fischte in der Tasse mit dem Löffel nach den aufgeweichten Resten des Gebäcks. „Ich hatte diese Empfindungen, die so schmerzhaft waren. Enttäuschung und Wut. Dann die Zuneigung für Margarete. Ich fühlte plötzlich wie er. Sein Körper schien mit meinem zu verschmelzen. Es war nur ein kurzer Augenblick, doch so einprägsam. Jetzt ist alles wieder vorbei, und es ist, als wäre nichts geschehen."

Alex grinste. „Darf ich etwas bemerken? Du bist mir als weibliches Wesen lieber. Ich möchte mir ungern vorstellen, dass sich ein Kerl in dieser hübschen Verpackung versteckt."

Lydia fühlte die Hitze aufsteigen, die sich verräterischerweise auf ihren Wangen bemerkbar machte. „Er ist ja nicht mehr da," meinte sie verwirrt und versteckte ihr Gesicht hinter der hochgehaltenen Tasse. „Außerdem waren es nur die Gefühle, die wir miteinander teilten. Ich konnte fühlen, was er fühlte. Als wäre er zu mir durchgedrungen."

Er setzte sich wieder gerade an den Tisch und setzte die Ellbogen auf. „Also, lass uns darüber nachdenken. Es gibt so gewisse Theorien."

„Über was?" Sie setzte die Tasse wieder ab und schaute beiläufig über die anderen Tische. Die anderen Gäste waren in Gespräche vertieft und nahmen keine Notiz von ihnen, was sie beruhigte.

„Zeitsprung-Theorie. Du bist zurückgewandert in ein früheres Jahrhundert. Wobei allerdings deine Interaktion mit einem Geist beleuchtet werden muss. Du hast es als real empfunden, weil es geschehen ist. Hat es sich aber wirklich so abgespielt oder hast du mitgewirkt?"

„Warte, ich konnte nichts beeinflussen. Ich war nur Zuschauer", warf sie ein.

„Gut, dann wissen wir jetzt mehr. Möglicherweise war es eine Wiederholung, herbeigeführt durch gewisse Bedingungen", führte er weiter aus und spielte mit der Serviette herum.

„Ja, das hört sich gut an. Aber was war der Auslöser?" fragte sie, andächtig seinen Ausführungen lauschend.

„Dein Gefühlszustand war möglicherweise der Auslöser, der Ort, die Konstellation dieser Dinge. Es war ein günstiger Zeitpunkt, als du dort aufgekreuzt bist", erklärte er unbeeindruckt von seiner eigenen Theorie. Mittlerweile hatte er einen Falter aus der Serviette gebastelt. „Du bist aufgetaucht und hast den Film zum Laufen gebracht, der bereits vor hundert Jahren gedreht wurde. Vielleicht funktioniert das auch in unserem alten Haus. Deine Gedanken können diese Wiederholungen herbeiführen."

Lydia schüttelte den Kopf und entwendete ihm sein Spielzeug. „Deine Theorie hat einen Haken!"

„So? Und das wäre?" Er stützte seinen Kopf auf seinen Handballen.

Sie wollte gerade einige Argumente dagegen anführen, doch das vergnügte Blitzen in seinen grünen Augen irritierte sie und entmutigt ließ sie sich in den Stuhl zurückgleiten. Ihr fiel auf, wie lebendig sie sich in seiner Gegenwart fühlte, was unwillkürlich ein Lächeln auf ihre Lippen zauberte.

„Also doch, sprachlos und ohne vernünftige Gegenargumentation", triumphierte er.

„Nicht so schnell. Irgendwie ist es anders. Ich war zwar ein Zuschauer, aber es war keine Wiederholung, die sich einfach so abgespielt hat. Sie tauchten auf, dann verschwanden sie wieder. Als würden sie ein- und ausgeblendet. Ich habe mitgewirkt. Ich habe Jonathans Verzweiflung gespürt, und sie hat mich angesehen, als erwartete sie etwas von mir...", sie ließ den Falter über den Tisch in seine Richtung fliegen, der knapp vor der Tischkante einen Sturzflug erlebte, „aber ich weiß nicht, was es bedeuten soll?"

Er lächelte, ob aus Nachsicht oder Zustimmung, wusste sie nicht. Sie wechselten noch einige Worte, bezahlten bei der Bedienung und spazierten zurück zu ihren Autos, jeder in seinen Wagen steigend. Da er auf dem gleichen Parkplatz wie sie geparkt hatte, fuhren sie die gleiche Strecke zurück zu Marias Haus. Während er ihr hinterher fuhr, blickte sie oft in den Rückspiegel, mit sinnierendem Blick. Das Radio spielte gerade einen Song über Liebe, die über den Tod hinausging, und sie lächelte unterbewusst, weil es Zufälle nicht gab und es merkwürdig war, diesem Lied zu lauschen, das ihr die Lösung auf dem Tablett servierte.

In dem Song ging es schließlich um leidenschaftliche Liebe, die nicht endete. Vielleicht verhielt es sich mit Margarete und Jonathan so ähnlich. Was, wenn Margaretes Geist zurückgeblieben war, aus welchem Grund auch immer? Suchte sie ihn in dieser Welt oder konnte sie ihn in der anderen Welt nicht finden? Jetzt wusste Lydia endlich, worin ihre Aufgabe lag, und völlig aufgewühlt stieg sie aus dem Wagen, als sie vor Marias Haus parkte.

Alex parkte direkt hinter ihr, er hatte noch nicht einmal den Wagen abgeschlossen, als sie sich vor ihn hinstellte und fragte: „Du glaubst mir doch, oder?"

Er stützte seinen Ellbogen auf das Wagendach und ließ die Hand herunterbaumeln. „Kommt darauf an!" Sein Blick war unergründlich. „Ich glaube, dass etwas in dem Haus herumgeht, weil ich es auch gesehen habe, doch Gespenster, die auftauchen und Hinweise hinterlassen, als wäre man auf einer Schnitzeljagd, das scheint mir weniger plausibel."

„Warum bist du dann hier? Müsstest du nicht in der Arbeit sein, anstatt mit mir zusammen Geister zu jagen?" entgegnete sie beleidigt. Ihre gute Laune war verflogen.

„Ich habe einige Tage frei genommen, weil ich das alles sehr interessant finde. Aber Geister hinterlassen keine Rätsel. Sie sind tot und können nicht mehr denken", antwortete er nüchtern und ging an ihr vorbei, ohne ihr eine ausführlichere Erklärung zu geben.

„Nun, dann werde ich dir auch nicht sagen, zu welchem Schluss ich gekommen bin in bezug auf Margarete und Jonathan", rief sie ihm hinterher.

„Darf ich trotzdem dein Notebook benutzen?" Er hatte erneut ein Grinsen auf dem Gesicht, als er sich von Marias Garten aus zu Lydia herumdrehte und die Arme in bittender Geste ausbreitete. „Natürlich – du kannst es benutzen. Brauchst du es aus privaten Gründen?" fragte sie höflich und folgte ihm zu Großmutters Haus.

Sie standen vor der Türe, ohne jedoch die Klingel zu betätigen. Ihre Blicke sprachen jedoch Bände, bevor Alex mit der Antwort herausrückte: „Nein, hast du geglaubt, ich bin bei einer

Partnerbörse und möchte schauen, ob mir wieder jemand geschrieben hat?" Seine Augen funkelten amüsiert.

Lydia gab sich größte Mühe, ihr Lachen so gleichgültig wie möglich klingen zu lassen. „Ich habe wirklich nur so gefragt. Es interessiert mich auch gar nicht."

„Die Wahrheit ist, ich müsste einige Dateien überarbeiten, die ich meinem Kollegen morgen ins Büro schicken will. Die Daten liegen in meinem e-mail Postfach und ich müsste sie nur schnell herunterladen und etwas abändern. Du hast doch sicherlich die gängigen Textverarbeitungsprogramme auf dem Rechner? Es ist so, dass ich nicht damit gerechnet habe, länger als über das Wochenende zu bleiben. Schließlich habe ich nicht damit gerechnet, dir zu begegnen!" Vor allem beim letzten Satz hatte seine Stimme einen schnurrenden Unterton angenommen.

„Sicher, auf meinem Notebook habe ich mehrere Programme installiert", erwiderte sie knapp. „Würdest du bitte die Klingel betätigen? Ich habe keinen Schlüssel."

„Du bist doch nicht sauer?" fragte er sie, während er seinen Arm über ihrer linken Schulter ausstreckte und auf die Klingel drückte.

„Nein, es ist nur sehr sonderbar, dass du das alles weißt. Zeitsprung, Wiederholungen. Es wirkt fast so, als hättest du dich mit diesen *Dingen* beschäftigt", entgegnete sie mit einem leichten Aufwallen des Unverständnisses.

„Nun, vielleicht sollte ich dich aufklären. Meine Großmutter interessiert sich für Parapsychologie, da ist es doch kaum verwunderlich, dass man am Rande etwas mitbekommt. Ich bin sozusagen ungewollt an diese Information gelangt." Seine Lippen verzogen sich erneut zu einem Grinsen.

„Armer Junge!" entgegnete sie spöttisch. Einige Sekunden starrten sie sich wortlos an, bis die Tür quietschend geöffnet wurde. Maria stand, mit einem Geschirrtuch bewaffnet, vor ihnen. „Was ist denn geschehen? Ihr schaut so komisch."

Lydia huschte an ihr vorbei ins Hausinnere und sagte über die Schulter: „Frag doch den Professor, der vor dir steht! Er hat auf jede Frage eine Antwort."

Maria ging zur Seite, ließ Alex eintreten und wagte dann einen vorsichtigen Blick zur Tür hinaus, als seine Stimme ihr ins Ohr raunte: „Damit meinte sie mich!"

*

Alex tippte etwas in die Tastatur des Notebooks, dabei sah er einmal auf, um Lydia zu beobachten, die mit einem angewinkelten Bein auf der Armlehne eines Sessels saß und ziemlich vertieft in einer Illustrierten blätterte. Er nahm einen Schluck Tee aus einer geblümten Tasse und machte dabei ein schlurfendes Geräusch, bei dem Lydia endlich aufsah und sich ihre Blicke begegneten.

Es war bereits früher Nachmittag und Lydia kam sich so nutzlos vor, weil sie bisher nur sehr geringe Fortschritte bezüglich des Briefes gemacht hatte. Sie warf die Illustrierte auf den niedrigen Stelltisch neben dem Sessel und stapfte in die Küche, aus der appetitanregende Gerüche drangen.

Maria deckte den Tisch fürs verspätete Mittagessen und Lydia holte das Besteck, um ihr behilflich zu sein.

„Habt ihr euch gestritten?" fragte Maria unter gesenkten Lidern, ohne ihre Arbeit zu unterbrechen.

Lydia hielt die Gabeln umklammert und lehnte sich gegen die

Rückenlehne eines rustikalen, gepolsterten Küchenstuhls. „Er glaubt mir nicht. Was ich heute auf dem Friedhof erlebt habe, war real, verstehst du?" Schnell fasste sie das Erlebte zusammen, um ihrer Großmutter einen Einblick zu verschaffen.

„Aber das ist ja unfassbar", staunte Maria, ihr massiver Körper plumpste auf den Stuhl. Obwohl hinter ihr die Bratensoße kochte und auf dem besten Weg war überzulaufen, blieb sie schockiert sitzen, was Lydia zu einem bemerkenswert athletischen Sprung veranlasste, um den Topf vom Herd zu nehmen.

„Und ich weiß jetzt, wie ich mehr erfahren kann. Ich muss die Orte aufsuchen, an denen die beiden zusammen waren. Irgendetwas löst es dann aus, und ich befinde mich in einer Wiederholung aus der Vergangenheit. So werde ich feststellen, warum Margarete in dem Haus gefangen ist?"

Plötzlich stand Alex breitbeinig in der Tür, mit einem für ihn untypischen, abwesenden Blick. „Lydia, ich bin fertig! Ich habe die Dateien alle auf meinen USB-Stick gezogen. Du kannst also meine Dateien von deinem Rechner wieder löschen. Danke fürs Benutzen! Mir ist eingefallen, dass ich noch etwas besorgen muss, deswegen werde ich jetzt gehen. Maria, danke für den Tee, und", er hielt kurz inne, sah Lydia mit einem kurzen, aber durchdringenden Blick an, „wir sehen uns später. Tschüss!"

„Aber ich dachte, du bleibst zum Essen, Alex", rief Maria ihm nach, doch es war nur noch ein gemurmeltes <Bis dann> von ihm zu hören, bevor die Tür hinter ihm zufiel.

Nachdenklich saß Lydia am Küchentisch und starrte durch die helle, geviertelte Fensterscheibe mit dem weiß lackierten Fensterrahmen, von wo aus man die gegenüberliegende Straßenseite überblicken konnte. Ein Kräuterblumentopf mit herauswucherndem Salbei trübte ihr ein wenig die Sicht auf Alex, der hastig in seinen Wagen stieg, doch sie rührte sich nicht.

„Eigenartig, der Junge. Normalerweise verhält er sich nie so. Wahrscheinlich liegt es an dem Streit, den ihr hattet", folgerte Maria.

„Nein, es war ja gar kein Streit, eher eine Meinungsverschiedenheit. Ist ja auch egal. Lass uns essen. Es liegt noch eine Menge Arbeit vor mir."

Wenn Lydia Arbeit gesagt hatte, dann meinte sie es auch so. Nach dem Essen beeilte sie sich, endlich etwas Recherche zu betreiben. Über Alex wollte sie sich heute Abend jedenfalls nicht mehr den Kopf zerbrechen. Angestrengt versuchte sie, ihre romantischen Ideen zu vergessen und ihre Gedanken in eine andere Richtung zu lenken.

Mit einem Kaffee und einem Keksteller bewaffnet setzte sie sich an Marias niedrigen Wohnzimmertisch, auf dem ihr Notebook schon wartete. Unermüdlich suchte sie im Internet nach den Namen der Verblichenen. Doch weder Margarete Putz, noch Jonathan Stein brachten die gewünschten Einträge. Es tauchten zwar ein paar Namen auf, die anders geschrieben oder in einer anderen Verbindung zueinander standen, doch es waren Personen aus der Gegenwart. Leider passten die Daten nicht. Doch wie sollte man Ereignissen auf die Spur kommen, die über hundert Jahre zurücklagen. Sollte sie einen Genealogen hinzuziehen? Aber das sollte eigentlich Irenes Aufgabe sein, nicht die ihre! Oder sollte sie einen Stadtarchäologen befragen? Die Namen brachten keine brauchbaren Ergebnisse. Zu dem Namen <Putz> gab es zwar einen Artikel, in dem es um Nürnbergs Stadtchronik und deren reiche Patrizierfamilien vor 150 Jahren ging, dennoch war die Ausbeute nicht zufriedenstellend. Sie konnte nur einem einzigen Hinweis nachgehen, und der bedeutete, sie musste in Nürnbergs Stadtarchiv gehen, um möglicherweise etwas über die alt eingesessenen Familien zu erfahren. Entmutigt fuhr sie nach einstündiger Recherche ihr Notebook herunter und machte überall im Untergeschoss das Licht aus. Das Haus lag im Dunkeln, und sie war furchtbar schläfrig geworden, so dass die friedvolle Stille im dunklen Wohnzimmer sie lockte, noch etwas auf dem Sofa zu verweilen, bevor sie ins Bett ging. Dabei löste sich die Anspannung in ihren Körper. Sofort fiel sie in einen tiefen Schlaf.

Aus dem Halbdunkel löste sich ein schwarzer Schatten, als Lydia aufschreckte. Wie lange hatte sie geschlafen? Anscheinend länger, als sie vorgehabt hatte. Der Schatten huschte an dem Wandschrank vorbei, umkreiste das Sofa, während ihr Kopf herumflog, um den Schatten zu folgen. Ihre Augen waren weit geöffnet, ihr Puls raste, das Herz schlug ihr bis zum Hals, und ihre Beine waren wie gelähmt. Sie versuchte aufzustehen, um das Licht anzumachen, doch es wollte ihr nicht gelingen. Wie ein Schmetterling flatterte der Schatten umher, nun schwebte er über ihr, als wolle er sich über sie legen, doch er flog wieder davon, als suchte er selbst einen Weg hinaus ins Freie oder ins Licht. Lydia öffnete den Mund, um nach Hilfe zu rufen, doch die Stimme versagte. Endlich nach unzähligen Versuchen entlud sich ihre Angst in einem lauten Aufschrei und endete erst, als die Deckenbeleuchtung anging, die das Wohnzimmer in ein helles, angenehmes Licht tauchte.

Lydia wachte vom Schein des Lichtes auf. Ihre Mundhöhle war ausgetrocknet und zitternd setzte sie sich auf, den Blick auf ihre

Großmutter richtend, die aus ihrem Schlafzimmer hergelaufen war und die Hand immer noch am Lichtschalter hatte.

„Du hast so laut geschrien, es ging mir durch Mark und Bein. Was hast du denn geträumt, mein Kind?" wollte Maria wissen. Besorgt eilte sie auf Lydia zu, um sie zu beruhigen.

„Ich hatte noch nie so große Angst, seitdem ich aus den Kinderschuhen herausgewachsen bin. Glaub mir, Oma, ich war starr vor Angst." Lydia umschlang ihren Oberkörper in abwehrender Haltung.

„Aber ich bin doch da, Lydia, Liebes. Oh, wäre doch Margarete nie aufgetaucht!" Maria umfasste Lydias Taille und zog sie an sich heran.

„Dann würde sie verloren bleiben für den Rest ihres Geisterlebens" sagte Lydia. „Sie braucht meine Hilfe. Allein schafft sie es nicht." Sie rieb sich die Augen mit den Fingern und setzte ein tapferes Lächeln auf. „Es geht schon wieder. Ich zittere nicht mehr."

„Was schafft sie nicht?"

Lydia drehte sich zu ihr herum. „Die Dunkelheit hinter sich zu lassen!"

*

„Guten Morgen, Irene, ich hoffe, ich störe dich nicht", begrüßte Lydia sie, als sie vor ihrer Haustür stand.

„Aber keineswegs. Komm doch rein." Irene wirkte höchst erfreut. Sie trug einen gelben Sportanzug und dazu weiße Turnschuhe. „Ich mache gerade meine Rückenübungen. Danach wollte ich zu meinem Nordic Walking Kurs gehen. Viele belächeln mich wegen meines Bewegungsdrangs, doch ich kann nicht anders.

Sonst fühle ich mich so alt."

Lydia lachte über dieses Geständnis. „Ich finde es nur bewundernswert, wenn jemand so viel Elan zeigt. Aber dann halte ich dich sicher auf", meinte Lydia, als sie in den breiten Gang eintrat, dessen Wände über und über mit modernen Kunstobjekten behangen waren.

„Ich nehme mir immer Zeit für meine Gäste." Irene wies sie an, zur Küche durchzugehen. „Lass uns einen frisch gepressten Orangensaft trinken. Oder magst du lieber etwas anderes?

„Nein, Orangensaft ist okay."

In der Küche angelangt, machte sich Irene daran, die Orangenhälften in den automatischen Entsafter zu geben. Ihre weiße, stilvolle Küche mit der grauen, umlaufenden Arbeitsplatte und den neuesten Küchengeräten war keineswegs altbacken zu nennen, wie man es von einer alten Damen vielleicht erwartet hätte. Die verglasten Hängeschränke ließen buntes Geschirr erkennen, ordentlich zusammengefaltete Geschirrtücher, Gläser in allen Formen und Größen. In der Raummitte stand eine weiß lackierte Tischgruppe mit einem blauen Tischläufer und einer maritimen Vase, was dem ganzen den Flair eines Strandlokals verlieh.

„Ich wollte dich bitten, nachzuschauen, ob du möglicherweise herausfinden könntest, in welchem Haus Margarete gelebt hat, als ihre Familie in der Innenstadt weilte. Dann bräuchte ich einen Ahnenstammbaum und deine Erlaubnis, die Villa noch mal zu besichtigen", sprudelte es aus Lydia hervor, während sie beeindruckt ihren Blick über die Kücheneinrichtung gleiten ließ.

„Für die Besichtigung werde ich dir den Schlüssel aushändigen, wofür mir Maria allerdings böse sein wird." Irene warf einen zerknirschten Blick in Lydias Richtung, dann richtete sie ihre

Aufmerksamkeit wieder auf den Entsafter. „Aber einen Stammbaum unserer Familie kann ich dir leider nicht so schnell besorgen, und die Informationen, was das Stadthaus betrifft, da werde ich selber eine Weile forschen müssen", erklärte Irene und drückte auf den Knopf. Ein ohrenbetäubender Lärm erfüllte den Raum. Endlich war wieder Stille, und sie goss den Saft in zwei Gläser. Einen Augenblick sah Irene sie prüfend an. „Du musst wissen, ich bin dir sehr dankbar dafür, dass du geblieben bist. Mein Enkel hat mir alles erzählt - wie er dir auf dem Friedhof nachgelaufen ist, und von deinem dortigen Erlebnis hat er mir auch berichtet." Sie reichte ihr eins der Gläser. „Hier, ist sehr gesund!"

„Es schmeckt erfrischend", sagte Lydia begeistert und leckte sich mit der Zunge den Fruchtfleischbart von der Oberlippe.

„Ja, das hält mich jung und fit." Irene leerte es in einem Zug wie einen Wodka. Sie schnalzte mit der Zunge. „Also, ich möchte, dass du und Maria heute zum Abendessen zu mir kommt. Deine Großmutter ist ein störrisches altes Weib. Sie gibt mir die Schuld an deinen Heimsuchungen. Kannst du sie überreden, wieder mit mir zu reden?"

„Ja, das kriege ich schon hin."

Irene klatschte in die Hände. „Prima, und dann erzählst du mir auch alles, was du bisher herausgefunden hast, ja? Ich sterbe vor Neugier, aber ich wollte dich nicht belästigen, da ich keinen Streit mit deiner Großmutter vom Zaun brechen wollte. Es hat sicher eine Bedeutung, dass Margarete dich ausgesucht hat. Ich glaube an Botschaften aus dem Jenseits. Denk nicht, ich bin überspannt. Vielleicht ein bisschen merkwürdig, aber können wir abstreiten, dass unsere Seelen existieren und nach Erfüllung suchen. Und wenn sie diese nicht finden, verwirrt herumirren müssen." Hektisch schaute sie auf ihre Armbanduhr. „Oh, mein Nordic Walking Kurs!"

Lydia kippte den Saft hinunter und wollte auch gerade gehen. „Ja, ich muss auch los, also dann..."

Irene hielt sie zurück. „Bleib noch. Alex ist unten im Keller. Er würde sich freuen, dich zu sehen. Und nimm dir die Schlüssel für die Villa mit. Sie liegen auf der Ablage im Flur. Die mit dem runden Schlüsselanhänger. Bis heute Abend dann!" Sie warf einen letzten Gruß in den Raum, bevor sie durch den Flur entschwand.

Allein gelassen blickte sich Lydia in der Küche um. Wie verschieden die beiden alten Damen doch waren. Ihre Gegensätze zeigten sich im Wesen, im Stil und auch im Handeln, und doch waren sie die besten Freundinnen. Vorsichtig schritt sie durch den Gang, steckte die Schlüssel ein, die auf der Kommode lagen, bog nach rechts um zur Treppe und stieg hinab in den Hobbyraum. Zaghaft klopfte sie an. „Alex, ich bin´s, Lydia!"

„Wo bleibst du denn so lange?" fuhr er sie mit einem gutmütigen Grinsen an. „Ich dachte, du wolltest *mich* besuchen?" Er saß an seinem aktuellen Projekt, einem weiteren Modellhaus mit großem Vordergarten. Vorsichtig platzierte er ein Plastikbäumchen in den umzäunten Garten. „Ich habe dieses Projekt gerade beendet! Es fehlen nur noch kleine Details." Er stand auf, wischte sich die Hände an einem alten mit Leim verklebten Lappen ab und kam ihr entgegen.

„Wie heimelig, dieses Häuschen mit Garten, den Bäumen und der Kinderschaukel. Hast du das alles selber gebastelt?" fragte sie, als sie einen neugierigen Blick auf sein Projekt warf.

„Nein, das Zubehör, bestehend aus dem Zaun, Schaukel und

Bäumchen, ist gekauft. Du kannst auch Figuren kaufen, Mann, Frau, Kind und Hund. Mann kann also die perfekte Idylle zaubern!"

„Wenn das wahre Leben auch so einfach wäre", seufzte sie und setzte sich auf einen Bürostuhl. „Du bist gestern so plötzlich verschwunden, ich wollte nur sehen, ob alles okay ist."

„Danke für dein Kommen. Ja, es geht mir gut, wie du siehst", antwortete er lächelnd.

Sie zuckte mit den Schultern, als fiele ihr nichts mehr ein. „Na gut, das ist beruhigend, dann werde ich wieder verschwinden." Sie fuhr hoch aus dem Bürostuhl, als sei damit alles gesagt.

Er beeilte sich, ihr den Weg zur Tür zu versperren. „Moment, nicht so schnell. Interessiert es dich denn gar nicht, weshalb ich gegangen bin?" wollte er wissen. Unter den zusammengezogenen Augenbrauen funkelten seine grünen Augen sie an.

„Doch, aber ich weiß nicht, ob ich fragen soll, denn schließlich kennen wir uns genau gesagt erst seit drei Tagen und du hast schließlich dein eigenes Leben. Vielleicht hast du deine Frau besucht, die du in deiner Wohnung zurück gelassen hast oder...?" Sie wartete auf eine Reaktion.

Er schüttelte den Kopf. „Falsch, keine Frau, aber eine Katze, die von einer netten alten Dame versorgt wird, die meine Nachbarin ist. Sonst noch Fragen?"

Peinlich berührt darüber, dass sie sich verraten hatte, kratzte sie sich am Hals. „Nein, vielleicht später!"

„Gut, denn ich habe später auch noch Fragen an dich", entgegnete er belustigt, „aber jetzt zurück zur Architektur. Ich habe einen Freund - er ist ein guter Bekannter, ebenfalls Architekt, und ich erinnerte mich, dass er vor Jahren bei der Altbausanierung eines Gebäudes mitgeholfen hatte. Es ist das heutige Museum in der Campestraße. Ein herrlicher Neurenaissancebau, du wirst staunen, wenn du es siehst. Dieses wundervolle Haus, gebaut 1891, gehörte einem Bankier, einem angesehenen Mann aus den besten Gesellschaftskreisen, deswegen kennt man das Haus heute noch als Biemannsche Villa. Ich rief ihn an, um mich noch einmal zu vergewissern, und er bestätigte es."

Lydia wagte, ihn kurz zu unterbrechen. „Du hast den Brief gelesen? Aber ich habe ihn noch zu Hause. Er liegt auf meiner Nachtkommode!"

Er quittierte ihren Einwurf mit einem kurzen, nachsichtigen Lachen. „Du glaubst wohl nicht, dass meine Großmutter keine Kopien von dem Brief gefertigt hat? Dutzende! Sie liegen überall herum. Ich weiß nicht, was sie damit tut, aber es scheint ihre liebste Lektüre zu sein. Soviel zu den Marotten der lieben, alten Dame." Er machte eine kleine Pause, um die Spannung zu erhöhen, dann setzte er seinen Redefluss fort: „Ich habe ein sehr gutes Gedächtnis und kann mir auch Namen sehr gut merken, deswegen wurde ich stutzig, als ich Jonathans Brief las und darin der Name Biemann vorkam. Diese Gesellschaft fand doch in Biemanns Villa statt, also hast du dein nächstes Zielobjekt gefunden."

„Wie hast du das alles so schnell herausgefunden?" Sie war atemlos vor Aufregung.

„Ich arbeite schnell, wenn man mir die nötigen Informationen zuschiebt." Selbstzufrieden verschränkte er die Arme vor der Brust.

Sie musterte ihn mit angehaltenem Atem. Er hatte sich nicht rasiert, sein Haar wirkte ungekämmt, aber nicht ungepflegt, was ihm einen wilden Charme verlieh. „Großartig! Du bist also im Team." Sie wandte sich ab, um ihm nicht mehr in die Augen sehen zu müssen. Seine Begeisterung freute sie, auch dass er sich ihr zuliebe solche Mühe gemacht hatte, doch sie wollte ihre offensichtliche Freude darüber verbergen.

„In deinem Team?" fragte er schalkhaft.

„Ja, im Team der Geisterforscher." Sie zwinkerte und fuhr fort: „Ich danke dir dafür. Nun habe ich wenigstens einen weiteren Punkt erreicht."

„Du hast gestern gesagt, du müsstest die Orte aufsuchen, an denen unsere Turteltauben sich näher kamen, also da wäre einer. Nun kannst du es wieder versuchen, nicht wahr?" Seine Augen funkelten vor Intensität.

Sie nickte. „Ich hoffe, es klappt. Kommst du mit? Du bist schließlich im Team." Jetzt sah sie ihn herausfordernd an.

Alex antwortete nicht gleich, dafür aber umso bestimmter. „Um nichts auf der Welt möchte ich das verpassen."

Sie fuhren mit seinem Wagen zum Museum. Lydia starrte gedankenverloren aus dem Fenster, während sie sich nervös die Hände rieb. Viel gesprochen wurde nicht, irgendwie fühlten beide die nagende Unruhe, die sich ihrer bemächtigte. Das Museum lag in einer schönen, begrünten Umgebung, flankiert von haushohen Bäumen. Die schmuckvolle Fassade war goldgelb gestrichen und verfügte darüber hinaus über einen ovalen Treppenturm. Mit eiligen Schritten begaben sie sich zum Eingang, sahen sich in der Empfangshalle um, die mit Postern, Flyern und Broschüren für die kommende Ausstellung warb.

Alex kaufte zwei Eintrittskarten, inzwischen versuchte Lydia sich erste Eindrücke vom Haus zu verschaffen. Sie hoffte insgeheim, ihr Körper würde erneut auf die Aura des Hauses reagieren, wie er es in Irenes Villa getan hatte, doch sie fühlte nichts.

„Was sehen wir uns überhaupt an?" fragte sie, als Alex mit den Karten zu ihr herüber schlenderte.

„Eine Fotoausstellung über Gesellschaftsschichten". Er reichte ihr die Karte. „So, lass uns die Treppen hinaufgehen, dort wird der große Saal sein, indem Margarete und Jonathan getanzt haben."

Wie unter Zeitdruck stehend, stürmten sie die Treppen hinauf, dass ihnen der Kartenverkäufer verdutzt hinterher sah und den Kopf schüttelte. So interessierte Besucher hatte er bisher noch nicht erlebt.

Die Galeriewände waren mit alten Fotografien behangen. Junge Frauen mit Zierbändern und durchsichtigen Schultertüchern lächelten kokett in die Kamera. Daneben waren Persönlichkeiten aus der Zeit der Industrialisierung abgebildet. Ein ältlicher Herr in steifer Pose blickte ernst, während seine Gemahlin neben ihm auf einem Stuhl saß und die Hände brav gefaltet hielt. Andere Bilder zeigten verhärmte Arbeitergesichter, sie waren als Gruppe vor einer Fabrik abgelichtet worden. Von der Galerie aus gelangte man in den Hauptsaal. Beim Betreten bemerkte Lydia den staubigen Geruch, der sich in der Luft festgesetzt hatte. Eine Reihe von mobilen Ausstellungswänden füllte den Raum. Bis auf eine Handvoll Besucher war der Raum aber menschenleer.

„Wie gut, dass kein Hochbetrieb ist", flüsterte Lydia Alex zu, der sich völlig dem Bilderrausch ergab und jedes Bild genau unter die Lupe nahm. Er betrachtete gerade das Porträt einer bürgerlichen Familie, fotografiert in einem eleganten Salon.

„Möchtest du nicht anfangen?" fragte er, seine Augen nicht von den Bildern nehmend.

„Glaubst du denn, ich kann das beeinflussen? Es passiert einfach so, ich muss warten", erklärte sie mit Nachdruck.

Er legte seine rechte Hand auf ihre Schulter. „Na gut, dann werde ich mir so lange die Bilder ansehen. Schließlich habe ich dafür bezahlt. Und denk daran, möglicherweise sind es deine Emotionen, die zu diesen Wiederholungen führen. Also konzentriere dich." Seine Hand fuhr jetzt sanft über ihre Wange, worauf Lydia das Herz wie verrückt pochte. Doch dieser Augenblick verrann zu schnell. Alles was sie von Alex noch sah, war sein Rücken, der sich von ihr fortbewegte, einem anderen Bilderfluss folgend zu einer anderen Epoche.

„Mistkerl, wie kann er bloß", murmelt sie aufgebracht. Sie konnte ihn wirklich nicht verstehen. Er erweckte den Eindruck, dass er völlig hinter ihr stand, ihr Glauben schenkte, sonst wäre er nicht mit ihr zum Museum gefahren, doch im nächsten Augenblick verriet er durch sein Handeln, wie gleichgültig ihm diese Reise in die Vergangenheit eigentlich war.

Mit gemischten Gefühlen bewegte sie sich in die andere Richtung fort, einer Epoche folgend, die Personen aus verschiedenen Gesellschaftsklassen zeigte. Es waren Menschen des industriellen Zeitalters, das seit der Mitte des 19. Jahrhunderts und der Revolutionierung des Beförderungswesens nicht mehr aufzuhalten war. Die meisten Bilder stammten allerdings vom Beginn des. 20. Jahrhunderts. Großbürgerliche Familien, abgebildet in friedlicher Eintracht in heimischer Kulisse wechselten mit Arbeiterfamilien in einem weniger sorgenlosen Milieu. Obwohl Lydia angespannt lauschte, um jede Regung oder jedes so seltsam anmutende Geräusch wahrzunehmen, suchte sie in den Gesichtern der Menschen nach Antworten. Margarete gehörte doch zu dieser Zeit. Wäre es denn so abwegig, sie unter diesen Fotografien zu finden? Schließlich gehörte sie auch zu den besseren Kreisen, aber Lydia verwarf diese Möglichkeit, denn letztendlich war Nürnberg groß und Margarete war nur eine von vielen großbürgerlichen Töchtern gewesen. Die Zeit verstrich, Lydia blickte zum dritten Mal auf ihre Uhr. Nichts hatte sich getan, nicht die kleinste Regung, kein flaues Gefühl im Magen machte sich breit, wie bei den anderen Malen. Sie glaubte schon, Alex müsste sich geirrt haben, als er dieses Haus für die Biemannsche Villa hielt, indes blieb ihr Blick auf einem bekannten Namen hängen. Das Foto zeigte zwei Männer, der eine war schon betagter, untersetzt, mit bemerkenswert zotteligem Bart, hinter dem der Hals verschwand. Der andere Mann war jünger, groß, stand da in selbstbewusster Pose, das linke Bein durchgedrückt, das rechte Bein lässig, leicht angewinkelt. Er kam ihr bekannt vor, was ihr einen kalten Schauer über den Rücken jagte, denn es war ihre männliche Erscheinung vom Friedhof. Sein Gesicht drückte eine Ernsthaftigkeit aus, die seine lockere Haltung Lügen strafte. Eine Strähne des dunklen Haares fiel ihm in die hohe Stirn, das kantige Kinn wirkte entschlossen und hart. Darunter war zu lesen: 1902 - Fabrikleiter Josef Stein mit Sohn Jonathan Stein.

Lydia glaubte zuerst, sich verlesen zu haben, doch es waren die richtigen Namen, die richtigen Gesichter. Vater und Sohn standen vor einer Textilfabrik, die in der Gegenwart gar nicht mehr existierte und schon längst abgerissen worden war.

Ein Schauer durchlief ihren Körper, vor Aufregung kam nur ein Krächzen aus ihrem Mund, als sie nach Alex rief.

Er kam sofort herbeigelaufen, bereit Hilfe zu leisten, als er Lydia gerötetes Gesicht erblickte. „Um Gottes Willen, was ist geschehen? Was siehst du?" Sein Mund hatte sich mit herabgesenkten Mundwinkeln zu einer schmalen Linie verzogen.

„Keine Geister diesmal. Jetzt siehst du Jonathan Stein auf dieser Fotografie. Es gab ihn und er ist die Gestalt, die ich neben Margaretes Geist gesehen habe." Sie richtete ihren Kopf wieder auf die Fotografie vor sich. Im selben Moment folgte er ihrem Beispiel und blickte direkt in die Augen des Mannes, der diesen geheimnisvollen Brief an Margarete verfasst hatte.

⋞ 5. Kapitel ⋟

Alex hatte sie zu Hause abgesetzt und ihr beim Verabschieden versprochen, sich bald wieder bei ihr zu melden. Daraufhin war er davongebraust in seinem Opel, während sie in Plauderlaune und voller Euphorie ins Haus eilte, um ihrer Großmutter von der alten Fotografie zu berichten. Das Geheimnis um Jonathan Stein war zwar nicht gelüftet, doch sie wussten zumindest, aus welchen Kreisen er stammte, seinen Beruf und sein ungefähres Alter, das auf das Bild zu schließen bei Anfang Dreißig liegen musste, im Jahre 1902 jedenfalls. Maria hörte sich alles ruhig an, dann legte sie die Hände auf ihre Wangen und schüttelte den Kopf. „Das kann doch kein Zufall sein!"

Die Plauderei wurde jedoch durch das Schrillen des Telefons unterbrochen. Lydias Mutter war am Apparat, nachdem sie es schon einige Male auf dem Festnetz in der Wohnung ihrer Tochter versucht hatte und keiner drangegangen war.

„Nein, Mama, mir geht es wirklich gut", versicherte Lydia ihr und seufzte in den Telefonhörer. „Ich wollte nur ein paar Tage bei Großmutter verbringen. Wir sehen uns so selten und ich dachte, ich nutze die Gelegenheit…" Ein Redeschwall ihrer Mutter ließ sie verstummen.

Maria trippelte indes geschäftig in die Küche, blieb kurz darauf aber wieder an der Türschwelle stehen, in der linken Hand eine Pfanne haltend. Sie winkte damit in ihre Richtung. „Grüß sie von mir!"

Lydia nickte. „Ja, Mama, ich soll dich grüßen von Oma." Dann lauschte sie wieder eine Weile dem Monolog ihrer Mutter am anderen Ende der Leitung.

„Ich weiß es nicht. Hatte noch keine Zeit. Vielleicht. Hm… Ich komme euch nächstes Wochenende besuchen. Hm… Versprochen! Was macht denn Paps?" fragte Lydia und wickelte das Telefonkabel verspielt um ihren Finger. Wieder horchte sie einige Augenblicke in den Hörer. Das Gespräch zog sich in die Länge, da ihre Mutter wieder einmal Kritik an ihrem Vater übte.

„Ja, bis bald. Mach ich, Mama. Tschüss!" Sie legte auf, biss sich sinnierend auf die Lippe. Ihre Mutter war ein guter Menschenkenner. Sofort hatte sie gemerkt, dass mit ihrer Tochter etwas nicht stimmte. Wie alle besorgten Mütter versuchte sie die Ursache für Lydias Niedergeschlagenheit herauszufinden.

Lydia hatte sich nach dem Gespräch schnell umgezogen, da es sehr warm war in Marias Haus und das Barometer ganze fünfundzwanzig Grad anzeigte. Daher war sie in eine Leinenhose und eine halbarmige Bluse geschlüpft.

„Und, wie geht es deiner Mutter?" fragte Maria, als Lydia vom leckeren Duft der Pfannkuchen angezogen, die Küche stürmte. Ihre Großmutter liebte ihre Schwiegertochter wie ihre eigene

Tochter. „Das letzte Mal hat sie so über ihren Rücken geklagt. Ist es denn besser geworden?"

„Mama fühlt sich bis auf die Rückenschmerzen, die sie plagen, recht gut. Besser ist es aber nicht geworden. Sie würde ja gerne mehr spazieren gehen oder schwimmen, aber du kennst ja Papa, er liest viel lieber ein Buch, trinkt dazu gern ein Glas Wein und bevorzugt eher Unternehmungen, bei denen er sich möglichst wenig bewegen muss", gab sie im O-Ton wieder, was ihre Mutter ihr erzählt hatte. Lydia machte sich in der Küche nützlich, holte Quark aus dem Kühlschrank, etwas Vanillinzucker und Sahne, um eine leckere Füllung für die Pfannkuchen zu zaubern. Eifrig schlug sie die Zutaten mit dem Schneebesen zu einer geschmeidigen Creme.

„Ach, wenn es sonst keine Probleme gibt, ist es gut", erwiderte Maria darauf und warf den letzten Pfannkuchen auf den Rest, den sie auf einer Porzellanplatte zu einem Turm aufgeschichtet hatte.

„Natürlich wollte Mama noch wissen, wie es mit den Möbelstücken aussieht in Irenes Haus? Ob sie wertvoll wären? Sie hat ein Faible für Antiquitäten, wie du weißt", erzählte Lydia weiter, dann runzelte sie die Stirn, als dachte sie über etwas Bestimmtes nach. „Da fällt mir ein, ich sollte heute noch mal in das Haus rübergehen und mir tatsächlich das verbliebene Mobiliar ansehen. Vielleicht gefällt mir wirklich etwas."

Maria wirbelte zu ihr herum. „Ich weiß nicht. Du weißt doch, *sie* ist in dem Haus und der Gedanke, dass *sie* dir wieder erscheint, gefällt mir nicht, seitdem ich erlebt habe, wie sehr es dich erschreckt hat."

„Aber das war am Anfang. Jetzt habe ich keine Angst mehr vor ihr. Sie braucht meine Hilfe, sonst wird sie das Haus nie verlassen. Mein Spürsinn trügt mich nicht, daher bin ich mir sicher, dass ihr Geist mich zu Jonathans Bild geführt hat. Zu welchem Zweck, bleibt noch herauszufinden!"

Mit einer schwungvollen Bewegung stellte Maria die Platte mit den Pfannkuchen auf den Tisch. Ihre Wangen waren gerötet. Entweder hatte ihr die Hitze der Herdplatten zugesetzt oder ihre innere Aufruhr. „Es beunruhigt mich trotzdem."

Lydias Blick blieb auf dem aufgeschichteten Turm aus Köstlichkeiten hängen. „Für wie viele hast du denn heute gekocht? Oder erwartest du noch jemanden?" Plötzlich fuhr sie sich mit einer fahrigen Geste durchs Haar. „Oh, ich habe etwas vergessen. Wir sind heute bei Irene zum Abendessen eingeladen. Sie möchte sich so gerne wieder mit dir versöhnen!"

Ihre Blicke trafen sich, worauf Maria trotzig den Kopf hob. „Du hast doch nicht zugesagt?"

„Doch, ich habe. Schließlich wird Alex auch da sein, und ich..." Nun war es an Lydia bis unter die Haarwurzeln zu erröten. Schnell senkte sie den Blick. „Aber ich kann absagen nach dem Mittagessen, wenn du willst." Ihre Augenlider flatterten wie Schmetterlingsflügel.

Marias Gesichtsausdruck wurde sanfter, ein Lächeln umspielte ihre Lippen. „Nein, wir werden hingehen."

Lydia machte sich gleich nach dem Mittagessen daran, zur Villa aufzubrechen. Sie hatte kaum Hoffnung, ein weiteres Detail in dieser Geschichte in Erfahrung zu bringen, doch sie glaubte trotz allem, dass ein weiterer Besuch hilfreich sein würde, selbst wenn sie auch nur eine Stunde in den Räumlichkeiten verbrachte, die das Leben von so vielen begleitet hatten. Diesmal war das Gefühl anders, als sie erneut über die Schwelle des Hauses trat. Ein sicheres Gefühl breitete sich in ihr aus, Geborgenheit und Ruhe strahlten die Wände aus, die bei einem zweiten Blick dennoch schäbig wirkten. An vielen Stellen blätterte die Tapete ab, der Putz wurde sichtbar. Sie erkundete das Erdgeschoss, welches sie bisher nur oberflächlich ins Visier genommen hatte. Eine Flügeltüre führte aus der Empfangshalle in das benachbarte Zimmer. Knarrend und ächzend ließ sich die Türe öffnen, hinter der sich ein langgezogener Raum erstreckte, der nur spärliches Tageslicht durch die Ritzen in den Fensterläden abbekam. Umrisshaft konnte sie einen Tisch, zwei Stühle und einige großformatige Ölbilder an den Wänden erkennen. Der Geruch von alten Stoffen und Holzlack hing in der stickigen Luft. Nach einigen zaudernden Augenblicken fasste sie den Entschluss, Tageslicht und frische Luft hereinzulassen. Wie sollte sie sonst das Zimmer in Augenschein nehmen? Also riss sie die hohen Fenster auf, öffnete die Fensterläden und klappte diese weit auf. Durch alle vier Fenster flutete das Tageslicht mit ungehinderter Kraft, der Staub wirbelte im Licht, bewegt durch den Windhauch von draußen. Der staubige Geruch drang in ihre Nase und nach drei herzhaften Niesattacken setzte sie sich in einen Ohrensessel, über den man eine karierte Decke geworfen hatte. Sie hob die Decke über der Armlehne kurz an, um einen Blick auf den Bezug zu werfen. Ein weißes Rankenmuster auf dunkelgrünem, verschlissenen Brokatbezug wurde darunter sichtbar, dennoch saß man sehr gemütlich darin. Diesen Ohrensessel wollte sie haben, wenn Irene es ihr gestattete, doch der Transport mit ihrem Wagen war undenkbar. Sie musste ein andermal wiederkommen und einen Transporter dafür besorgen. Fast andächtig erschien ihr diese Ruhe, beseelt lehnte sie sich zurück, um sich diesem so friedlichen Moment hinzugeben und über die Möglichkeiten eines alternativen Transports nachzudenken. Sie schloss die Augen und fühlte das Streicheln eines Windhauchs auf ihrer Wange. Augenblicklich wurde es still um sie. Das Vogelgezwitscher und das Rascheln in den Bäumen verebbte, selbst der Wind war nicht mehr zu hören. In dieser Totenstille hörte sie nur ein leises Hauchen. Lydia fürchtete die Augen zu öffnen, da sich etwas Kaltes um ihr Herz schlang. Schauerwellen durchströmten sie und kalter Schweiß brach aus ihren Poren. Erneut streifte sie ein Lufthauch, doch diesmal fühlte es sich an, als würde ihr jemand etwas ins Ohr flüstern.

Sieh her.

Es war zuerst ein Wispern, dann wurden die Laute verständlicher. Fast hatte es den Anschein, die Stimme bewegte sich aus weiter Ferne auf sie zu. *Jetzt. Sie her.*

Sie zwang sich die Augen zu öffnen. Mit starrem Blick und die Hände fest in die Armlehnen vergraben saß sie da, während lange Schatten vor ihr tanzten. Margarete war im Raum. Auf dem blassen Gesicht lag ein bittendes Lächeln. Ihr Mund bewegte sich nicht, doch Lydia hörte erneut ihre helle, gurrende Stimme.

Schuld ist eine schwere Last.

Wieder traf sie der Schmerz unerwartet. Das Pochen in ihrem Schädel setzte blitzartig ein, und die eisige Kälte, die von ihren Füßen aufstieg, machte sie taub für jedes Gefühl. Leere und Stille waren in ihrem Kopf, doch mit weit geöffneten Augen erfasste sie eine Szene, die sich aus einem größeren, wandernden Schatten herauslöste. Wie eine transparente Leinwand legte sich dieser Moment eines bereits gelebten Lebens über die Wirklichkeit. Eine junge Frau mit rötlichem Haar, das ihr in sanften Wellen über den Rücken fiel, betrat den Raum. Sie war jünger als Margarete, zierlicher und sehr undeutlich zu sehen. Fast wabernd bewegte sie sich im Raum unruhig hin und her, bis Margarete sie tröstend in die Arme nahm. Eine Standuhr schlug geräuschlos drei Uhr mittags, beide Frauen sahen besorgt zum Zeiger, der wohl einen Besucher ankündigte. Tatsächlich beehrte ein grauhaariger Mann in feinem Zwirn die von Geistern beherrschte Szenerie. Er wirkte wütend, schrie die junge, hellhaarige Frau an, die sich nun in Lydias Richtung drehte und den deutlich gewölbten Bauch nicht mehr verbergen konnte. Mit wutverzerrtem Gesicht ging der ältere Mann auf die junge Frau los, doch Margarete stellte sich dazwischen. Ihre Mimik verriet, dass sie zu schlichten versuchte. Obwohl Lydia völlig entkräftet war, stemmte sie sich mit den Armen gegen die Lehnen und hob sich aus dem Sessel. Sie selbst wollte eingreifen, konnte den Anblick nicht mehr ertragen, da dieser zornige Mann Margarete heftig zur Seite stieß, während die schwangere Frau zu Boden geglitten war und nun an Margaretes Rock hing wie ein kleines Kind, das Hilfe und Schutz benötigte.

„Verschwinde!" rief Lydia. Ihre kreischende Stimme war alles, was sie in der furchtbaren Stille dieses Raumes wahrnahm, der alle anderen Geräusche ausgeblendet hatte. Doch die drei bemerkten und hörten sie nicht. Ein Blinzeln später waren sie verschwunden, als wären sie nie hier gewesen.

„Halt, noch nicht!" Lydia ließ sich enttäuscht in den Ohrensessel zurückfallen.

Sieh. Annette. Das arme Kind.

In Lydias Ohren rauschte das Blut, erneut erschauerte sie, aber diesmal war es ein angenehmer Schauer, ausgelöst durch die warmen Sonnenstrahlen, die von draußen eindrangen. Ein letzter, kalter Hauch streifte ihre Wange.

*

„Wenn ich es euch doch sage - sie tauchten plötzlich auf, ohne dass ich sie heraufbeschwören musste", wiederholte Lydia und legte ihr Kinn auf die ineinander verschränkten Finger, die wie zum Gebet gefaltet waren. Ihre Ellbogen ruhten auf der Tischkante und verzweifelt stützte sie im nächsten Moment die Stirn gegen die Hände. Sie hatte die geisterhafte Szene im Haus geschildert, nur um sich erneut bestürzten und ungläubigen Blicken auszusetzen. Während des Essens hatten Maria, Irene und auch Alex nicht aufgehört, sie anzustarren. Vor allem die löchernden Fragen von Alex wirkten wie Angriffe auf ihren gesunden Menschenverstand.

„Aber es muss doch möglich sein, das Vergangene irgendwie abzurufen?" gab Irene zurück. „Vielleicht, wenn wir uns alle vier im Haus versammeln und versuchen Kontakt herzustellen, gezielt Fragen stellen...um Näheres zu erfahren...", sie stammelte die letzten Worte, als sie den Blick ihres Enkels auffing.

Alex räumte die benutzten Teller vom Tisch und das klirrende Geräusch, als er sie auf der Spüle ablud, ließ die Frauen hochfahren.

„Mein Junge, das ist mein bestes Geschirr", sagte Irene mit sanftem Tadel, als sie sich zu ihm herumdrehte.

„Ich denke, wir hören jetzt auf über Seancen nachzudenken. Lydia hat weiß Gott schon genug übernatürliche Erscheinungen gesehen. Sie hat sicherlich keine Ambitionen, zum Medium zu mutieren", erklärte Alex und wischte sich die Hände an einem Geschirrtuch ab.

Lydia fühlte eine angenehme Wärme aufsteigen. Bildete sie

sich das nur ein oder war diese Zornesfalte zwischen seinen Brauen ein Zeichen seiner Sorge um sie. Sie wollte gerade jubilieren, als sie sich zur Räson rief und lächelnd zu schlichten versuchte:

„Es ist in Ordnung, Alex, ich selbst möchte hinter das Geheimnis kommen. Leider spricht Margarete nicht mit mir. Es ist also sinnlos, auf Antworten zu hoffen. Sie taucht auf, wenn sie eine neue Botschaft hat. Von welchen Faktoren ihr Auftauchen abhängig ist, das ist mir bis jetzt nicht klar."

Irene deutete mit dem Finger zum Kühlschrank und an Alex gewandt zwitscherte sie: „Würdest du bitte das Dessert auftischen? Ich habe es schon in Schälchen portioniert." Damit drehte sie ihm erneut den Rücken zu und ihre nächsten Worte waren an Lydias Großmutter gerichtet, die bisher nicht viel gesagt hatte.

„Maria, ich bitte dich, sei nicht verstimmt. Natürlich habe ich nicht vor, Geister heraufzubeschwören. Ich muss nur zugeben, dass ich neugierig bin, weswegen meine Urahnin sich deiner Enkelin zeigt", versuchte Irene zu erklären und zuckte ratlos mit den Schultern.

Maria faltete die Serviette zusammen, als gäbe es nichts Wichtigeres zu tun. Ihr Blick war abwesend, als befände sie sich auf einer höheren Ebene. „Das beschäftigt mich ja auch, Irene. Ich denke darüber die ganze Zeit nach. Wenn ich es richtig verstanden habe, dann hat Margaretes Geist ein Kind erwähnt. Lydia hat außerdem gemeint, gehört zu haben, es wäre von einer schweren Schuld die Rede. Eine Schuld, die auf Margaretes Schultern liegt. Was hat also Margarete getan? Und weshalb teilt sie das Lydia mit?" Wie unter Zwang faltete sie die Papierserviette wieder auseinander, um sie wieder glatt zu streichen.

„Ich glaube, Annette ist nur ein Teil dieses Geheimnisses."
Lydia stand auf und lief um den Küchentisch herum, um Alex die
Dessertschälchen abzunehmen. In der Puddingcreme lagen Obst-
stückchen, garniert mit einer zarten Schokoschicht und Sahne.
Völlig in Gedanken versunken, verteilte sie die Schälchen auf dem
Tisch, setzte sich wieder an ihren Platz, aber nicht um zu essen,
sondern weiterhin gedankenvoll auf das Dessert zu starren. Die
anderen am Tisch beobachteten sie mit angehaltenem Atem,
keiner wagte zu sprechen, als fürchteten sie einen besonderen
Moment zu zerstören. Als Lydia nach dem Wasserglas griff, trank
sie den ganzen Inhalt in einem Zug aus. Sie stellte es wieder ab,
und nun griff ihre Großmutter in das Geschehen ein. Energisch
packte sie ihre Enkelin am Handgelenk und forderte sie mit einem
ebenso harten Ton auf, sie anzusehen. „Lydia, sag etwas. Schau
mich an und sag mir, was gerade mit dir passiert?"

Lydias leerer Blick entsetzte Maria derart, dass sie die Hand
vor den Mund schlug, um den Aufschrei zu dämpfen. Abrupt
sprang sie auf, so dass der Stuhl umkippte. Alex kam der alten
Frau zur Hilfe und legte den Arm um sie. „Das ist nicht Lydia, die
zurückgestarrt hat, Alex!" flüsterte sie und verstört suchte sie
seinen Blick. Er nickte, aber es schien eher so, als müsste er sich
selbst dazu bringen, an diesen Hokuspokus zu glauben.

Einige Sekunden vergingen, in denen keiner sprach und alle
verstört einander anblickten. Irenes große Küche verdunkelte sich.
Die große Deckenleuchte schien plötzlich weniger Licht zu
spenden. Aus den Augenwinkeln sah Alex kleine Lichtpunkte
herumflirren. Er wagte es nicht den Kopf zu bewegen, wie erstarrt
lagen seine Hände auf Marias Schultern.

Irene lehnte sich über den Tisch, ihre Lippen formten bereits die nächste Frage: „Was willst du von uns? Brauchst du unsere Hilfe?"

Lydia regte sich nicht, sie starrte nur geradeaus, einen Punkt jenseits Irenes Kopf fixierend, bis ihre Lider flatterten und ihre Augen sich schlossen. Wie ein schwerer Sack kippte sie zur Seite und wäre vom Stuhl gefallen, wenn Alex nicht mit einem einzigen Sprung bei ihr gewesen wäre, um sie aufzufangen. Lydia schlug die Augen wieder auf und hauchte: „Danke." Es schien, als wäre nichts geschehen. Die einzige, die einen erschreckten Laut von sich gab, war Maria.

Eine Viertelstunde später standen sie in Irenes Flur und verabschiedeten sich etwas betroffen voneinander. Irene hatte Schuldgefühle, da sie die Situation ausgenutzt hatte, um an Informationen zu gelangen. „Bitte denke nicht schlecht von mir. Ich hatte nur das Gefühl, sie wollte sich uns mitteilen. Diesen Strom zu unterbrechen, erschien mir in dem Moment als Vergeudung. Wenn ich darin eine Gefahr gesehen hätte, so wäre ich nie auf den Gedanken gekommen, *sie* etwas zu fragen. Außerdem hat es ja nicht funktioniert. Irgendetwas hat Störungen verursacht." Sie blickte in Alex' Richtung. „Das bist sicherlich du gewesen, mein Junge. Deine abwehrende Haltung muss *sie* blockiert haben."

Alex straffte augenrollend die Schultern. „Wenn es doch nur so wäre. Dann könnte ich als Geisterschreck Karriere machen."

Lydia spielte die Situation herunter, bestrebt die Wogen zu glätten. „Es tut mir leid, dass ich euch alle so erschreckt habe. Ich kann mich an gar nichts mehr erinnern. Ich wünschte, ich könnte es!" Ihre braunen Augen blickten lebhaft in Alex' Richtung. Die Kraftlosigkeit ihres Körpers war wie weggeblasen. Sie fühlte sich jetzt pudelwohl und konnte die allgemeine Verwirrung gar nicht richtig verstehen. Irene zog sich taktvoll zurück und schlug Maria vor, mit ihr nach draußen zu gehen, um über den nächsten Nordic Walking Termin zu sprechen.

Ein kurzer Moment der Befangenheit lag wie eine Barriere zwischen Lydia und Alex, bis Lydia den ersten Vorstoß wagte. „Und, was sagst du? Du wirkst so skeptisch?"

Er stand zuerst da wie ein Holzklotz, seine Abwehrhaltung verletzte sie. Mit vor der Brust verschränkten Armen blickte er sie von seinem Platz neben der Schuhkommode an. Hinter ihm befand sich ein abstraktes Ölgemälde, welches Irene bei einer lokalen Kunstausstellung erworben hatte. Es zeigte einen Wirbelsturm verschiedenster Farben, was Lydia auf den Gedanken brachte, so ähnlich müsse es wohl in seinem Innersten aussehen, womit sie ganz richtig lag.

„Hör zu, Lydia", er kratzte sich an der Stirn und sprach weiter mit gesenktem Blick, „ich denke du solltest hier aufhören." Nun wagte er es, ihr erneut in die Augen zu sehen. „Es könnte dich viel Energie kosten und deiner seelischen Verfassung schaden. Das meine ich ehrlich."

Da sie zu keiner Antwort ansetzte, kam er einige Schritte auf sie zu und fuhr fort zu erklären: „Könnte es nicht sein, dass du der Auslöser bist für all diese geisterhaften Erscheinungen? Du bist es selber, die all diese Dinge in Bewegung setzt. Dieser Brief hat dich so sehr beeindruckt, dass du dir eine Geschichte ausgedacht hast und durch die Kraft deiner Gedanken projizierst du was du sehen willst in die Realität. So was soll es geben."

Sie fühlte sich betrogen, als er sie mit dieser Äußerung überraschte, doch sie wahrte den Anschein freundlicher Gleichgültigkeit. „Ach, ich wusste ja, du bist und bleibst ein Skeptiker.

Und diese Szenen, die ich gesehen habe?" fügte sie in dem gleichen Ton hinzu. „Das war wohl Einbildung!"

Alex nickte. „Nein, ich habe schließlich auch was gesehen. Vielleicht hast du es durch deine Einbildungskraft heraufbeschworen. Lass die Sache auf sich beruhen. Du solltest es nicht weiter verfolgen. Höre auf damit, Margarete hinterherzujagen!"

Ein Lächeln umspielte ihre zittrigen Lippen und sie wandte sich schnell um. „Ich muss jetzt gehen. Morgen muss ich zum Stadtarchiv. Es liegt viel Arbeit vor mir."

„Soll ich morgen mitkommen?" fragte er hinter ihrem Rücken.

Lydia wirbelte zu ihm herum, mit der Hand winkte sie verneinend ab. „Nein, aber Danke." Bevor sie sich bei ihrer Großmutter unterhakte, blickte sie noch einmal über die Schulter und sagte zu Alex: „Vielleicht ist es anders als du denkst, und Margarete jagt mir hinterher."

Alex lächelte nicht, in seiner Wange zuckte jedoch verräterisch ein Muskel, der seine Anspannung verriet. Sie schenkte Irene ein Abschiedslächeln und gemeinsam strebten sie ihren Golf an. Als die beiden Frauen im Auto saßen, kamen die Tränen. Sie startete den Wagen und ließ den Motor aufheulen, als sie den ersten Gang strapazierte. Mit feuchten Augen wechselte sie in den zweiten Gang.

„Mein Liebling, was hat er zu dir gesagt?" fragte Maria in einem Tonfall, der Hilflosigkeit und Wut verriet.

„Er glaubt mir nicht. Nach all dem, was wir zusammen gesehen haben, zusammen erlebt haben, glaubt er, ich bin eine Spinnerin. So hat es sich jedenfalls aus seinem Mund angehört."

Maria schüttelte betroffen den Kopf.

„Und weißt du was, Oma?" Sie drehte ihren Kopf dem von

weißem Haar umkranzten Gesicht zu. „Vielleicht bin ich eine Spinnerin, aber nicht weil ich mir das alles einbilde, sondern weil ich mich in diesen hirnverbrannten Idiot verliebt habe."

*

27. August 1904

Die Lichter der Schaubuden und der Vergnügungsobjekte fluteten die Passiergänge. Es war ein Spektakel, dass keiner versäumen wollte. Eine Menschenmenge drängte an die Kasse, um Eintrittskarten für 30 Pfennig zu kaufen. Jonathan und Margarete waren schon mittendrin im Geschehen. Sie beobachteten den Trubel um das Volksfest am Dutzendteich mit einem amüsierten Lächeln. Annette und Dominik waren direkt hinter ihnen und schienen in ein Gespräch vertieft.

„Wie gefällt es Ihnen bisher, Fräulein Putz?" wollte Jonathan wissen und sah Margarete von der Seite an.

„Bisher habe ich nicht sehr viel gesehen, als Menschenmassen, die sich laut und ordinär betragen. Ich muss aber sagen, dass mir der Lichterglanz sehr gut gefällt", entgegnete Margarete und verzog den Mund zu einem wohlwollenden Lächeln, dabei drehte sie leicht den Kopf und sah unter gesenkten Lidern keck zu ihm hinauf.

Er lachte schallend, als Dominik ihm auf die Schulter klopfte und etwas ins Ohr schrie, da gerade die Musikkapelle zu spielen begann und der Lärmpegel anschwoll. Margarete konnte nichts verstehen, sie sah nur über die Schulter und erhaschte Annettes verschämten Blick. Dominik nahm Annette bei der Hand, und bereitwillig ließ sie sich mitziehen in eine andere Richtung bis sie in der Menschenmenge verschwanden.

Sogleich legte Margarete Protest ein und wollte ihnen hinterhergehen, als Jonathan sie aufhielt. „Was haben Sie vor? Sie bei ihrem Glück zu stören?

Gönnen Sie den beiden ein wenig Zeit miteinander!" gab er ihr zu verstehen.

Wütend funkelte sie ihn an. „Damit bin ich nicht einverstanden. Schließlich ist Annette meine jüngere Cousine, und ich muss auf sie aufpassen. Sie in der Gesellschaft eines Mannes wie Dominik zu überlassen ist unverantwortlich." Ihr Tonfall wechselte und wurde flehend. „Bitte, wir müssen ihnen nachgehen!"

„Vertrauen Sie mir. Dominik ist der Sohn eines ruhmreichen Offiziers. Er hegt ernste Absichten ihrer Cousine gegenüber und würde sich keine Freiheiten erlauben."

Sie sahen sich einige Augenblicke in die Augen, und er schlug wieder einen heiteren Ton an: „Wie wäre es mit einer Fahrt in dieser neuen Stufenbahn? Das wird Sie erheitern?"

Gleichgültigkeit vortäuschend ging sie neben ihm her und zog einen Flunsch. „Das ist doch nichts für Erwachsene!"

Jonathan nahm ihren Arm und zog sie mit sich bis sie vor dem besagten „Trottoir roulant" standen, einem Gebäude von 25 Meter Durchmesser, erhellt von tausend Glühlampen und verziert mit einzigartigem Ornament-Figurenschmuck.

Während Margarete vom Lichterglanz dieser Stufenbahn geblendet war, hauchte er ihr ins Ohr: „Man sagt, dieses neue Vergnügungsobjekt habe 300.000 Mark gekostet - es hat 3 Fahrgeschwindigkeiten und 210 Pferdestärken. Und innen fühlt man sich wie in einem Märchenschloss."

Sein warmer Atem streifte ihre Wange, und sie versteifte sich angesichts dieser so ungewohnten Intimität. „Herr Stein, ich kann natürlich meine Augen vor dieser Pracht nicht verschließen, aber ich sorge mich um meine Cousine. Ich dachte, wir verbringen diesen Abend zusammen, wir vier! Nur deshalb habe ich Ihre Einladung angenommen."

„Es gibt Erlebnisse im Leben, die man getrennt voneinander erfahren muss, Fräulein Putz. Sie werden nicht immer auf ihre Cousine Acht geben

können. Wie soll sie sich so jemals verlieben und einen Ehemann finden, wenn Sie über ihr wachen wie ein Drache. Und wie wollen Sie sich jemals verlieben, wenn Sie so beschäftigt sind, die Anstandsdame zu spielen", meinte er mit einem Zwinkern in den Augen. Er umfasste ihre beiden Oberarme mit seinen behandschuhten Händen, doch sie löste sich mit einem energischen Ruck aus seinem Griff.

"Bitte lassen Sie das. Sie sind mit ihren romantischen Empfindungen ganz sicher richtig aufgehoben in diesem Märchenschloss. Ich denke, Sie sollten allein da reingehen," sie deutete mit einem kräftigen Kopfnicken zu der Stufenbahn, "ich suche jetzt meine Cousine." Sie machte auf dem Absatz kehrt und tauchte unter in der Menge, begleitet von Jonathans Rufen und dicht gefolgt von seinen schnellen Schritten.

Der Mann hinter der Theke blickte von seinem aufgeschlagenen Buch auf, als Lydia ihn ansprach. „Grüß Gott, könnte ich etwas mehr über die Stadt Nürnberg und die Einwohner vor über hundert Jahren erfahren?"

„Gerne, gehen Sie den Flur entlang und zu dem linken Regal. Ganz unten finden Sie die Stadtchronik. Welches Jahr interessiert Sie denn?" fragte er freundlich. Neben ihm summte ein Drucker, ein Faxgerät hinter ihm spukte einige Blätter aus, und zu seiner Linken stapelten sich Bücher über das Leben im Fränkischen vor über 200 Jahren.

„1905! Ich recherchiere ein wenig!"

„Das sollte kein Problem sein. Wenn Sie Hilfe benötigen sollten, können Sie sich jederzeit an mich wenden", erklärte er mit einem milden Lächeln und widmete sich wieder seinem Buch. Die Arbeit in einem Stadtarchiv schien sehr spannend zu sein.

Sie trat durch die Glastür in den fast leeren Raum. Zu beiden

Seiten reihten sich Tische, welche einen schmalen Gang in der Mitte frei ließen, der zu den Regalen mit der Stadtchronik führte. Die beiden einzigen Gäste tippten etwas in ihr Notebook und hatten neben sich ein Dutzend Bücher, aus denen sie Informationen zogen.

Sie fühlte Erregung und gleichzeitig Resignation in sich aufsteigen, als sie vor das Regal trat und nach dem richtigen Buch suchte. Sie erhoffte sich so viel und fürchtete sich, enttäuscht zu werden. Die Bände der Stadtchronik waren tatsächlich im untersten Fach des Regals und aufsteigend sortiert. Auf den dunklen Buchrücken stachen die Jahreszahlen deutlich hervor. Sie schnappte sich die *1905* und wie ein Tier mit seiner Beute zog sie sich zurück an den hintersten Tisch, um in der Vergangenheit zu graben.

Sie blätterte von Bau- und Kunstdenkmalen zu Werbeanzeigen alter Firmen, wirtschaftlichen Errungenschaften, doch sie brachte nichts in Erfahrung, was für sie von Nutzen gewesen wäre. Erst als sie das Adressbuch fand, das nach Name, Straße und Gewerbe sortiert war, zeigte sich wieder ein Hoffnungsschimmer. In ihren Schläfen pochte es, als sie nach dem Namen *Putz* suchte. Sie konnte ihr Glück kaum fassen, als nur zwei Einträge zu finden waren.

Wilhelm und Marie Putz

Sie war davon überzeugt, dass dies Margaretes Eltern waren und auch die Tatsache, dass er als Lampenfabrikant eingetragen war, verwunderte sie nicht, sonst hätten sie niemals im Besitz eines prachtvollen Anwesens sein können, wie es viele Fabrikanten zu dieser Zeit besaßen. Seine Fabrikadresse und die der Villa am Dutzendteich waren unter seinem Namen zu finden. Interessanterweise war unter dem Namen der Mutter eine Adresse in der Karolinenstrasse angegeben, was die Situation wieder in ein anderes Licht rückte. Hatten Margaretes Eltern getrennt gelebt? Er in der Villa, sie im Stadthaus und Margarete mal beim Vater, dann bei der Mutter bis sie zu heiraten gedachte? Als sie wieder zurück zu den Werbeanzeigen blätterte, fand sie zudem eine seitengroße Anzeige, die von einem aus Blütenranken bestehenden Rahmen umrandet wurde, deren Inhalt Wilhelm Putz und seine Lampen anpries.

Euphorie wallte in ihr auf, und sie bat weniger später, eine Kopie davon machen zu können. Wenigstens hatte sie etwas mehr über die Putz Familie erfahren, und dieses kleine Erfolgserlebnis spornte sie an, noch mehr herauszufinden. Sie notierte die Adresse auf der Rückseite der Kopie, stellte das Buch zurück ins Regal, mit den Gedanken schon beim nächsten Schritt. Ihr Blick wanderte in den benachbarten, hinteren Raum mit den Mikrofilmgeräten. Durch das Fenster konnte sie erkennen, dass beide Geräte frei verfügbar waren. Mit einem kribbelnden Gefühl eilte sie wieder zu dem netten Mann an der Theke, der gerade telefonierte, und jetzt einen neuen Stapel Bücher neben sich hatte. Freundlich nickte er ihr zu. Sie deutete seine Geste richtig, doch sich in Geduld üben war ihre Sache nicht, also blätterte sie nervös in einem Buch über historische Denkmäler.

Nach einigen, ewig langen Minuten legte er endlich auf. „Jetzt bin ich wieder für Sie da! So, schon fündig geworden?"

„Ja, doch ich brauche noch mehr Informationen. Ich würde mir gerne einige Mikrofilme ansehen und die Zeitungsanzeigen aus dem damaligen Jahr lesen!"

„Es gibt sehr viele Bände davon. Was suchen Sie genau?"

wollte er bestimmt wissen. Nebenbei sah er den Stapel durch, mit routinierten Griffen räumte er die Bücher in das Fächerregal unter seiner Theke ein.

„Nun - Feste, Eröffnungen, Bälle würden mich interessieren. Events jeglicher Art! Wenn man in dieser Zeit von Events reden kann?" Lydias Lippen kräuselten sich zu einem Lächeln. „Könnten Sie mir wohl sagen, wo sich die Bänder befinden?"

„Am besten gehen Sie einen Stock höher in den Raum 125. Dort wird Ihnen Frau Baumgärtner genau sagen können, wo sich diese Berichte befinden. Dann haben Sie es leichter und müssen nicht den ganzen Kurier durchblättern."

Lydia eilte hinauf, nicht darauf gefasst, in Frau Baumgärtner eine alte Schulfreundin zu erkennen, mit der sie zwar nie wirklich viel verbunden hatte, doch man kannte sich. Ihre alte Bekannte erwies sich als sehr hilfsbereit, die ihr anhand einer Liste die gewünschte Information auf einen Zettel schrieb. Etwas zögernd standen sie sich zunächst gegenüber in dem kleinen, sonnendurchfluteten Raum, der vor staubigen Regalen und dicken Ablageordnern überquoll, doch dann durchbrach Sabine Baumgärtner als erste die Barriere.

„Was hat dich nur hierher verschlagen? Das ist ja ein lustiger Zufall. Und du sagst, du bist nur kurz hier, um deine Großmutter zu besuchen?" Frau Baumgärtner stellte gleich viele Fragen auf einmal. Sie trug ihr schulterlanges, braunes Haar offen, wie schon damals in der Schule. Ihre Augen wurden vom Eyeliner etwas betont und blickten aufmerksam in Lydias Gesicht.

„Ja, es war als kurzer Besuch geplant, doch jetzt habe ich schon einen Tag drangehängt. Meine Großmutter interessiert sich für Antiquitäten und ihre Freundin besitzt welche", antwortete

Lydia betont langsam, dann legte sie eine kurze Pause ein, als überlege sie, wie sie fortfahren sollte, „was mich ins Spiel bringt. Ich kenne mich mit Antiquitäten ein wenig aus und bin eine Sachverständige. Nun ja, ich gebe mein Bestes!" Lydia verzog das Gesicht. Sie wollte wenigstens einmal bei der Wahrheit bleiben.

Sabine Baumgärtner neigte den Kopf leicht zur Seite und rückte ihre Bluse zurück, bevor sie die Arme vor der Brust verschränkte. Prüfend sah sie Lydia an. „Das ist ja toll. Und was hoffst du hier im Stadtarchiv zu finden?"

Lydia begann unruhig zu werden. „Ich suche ein paar Daten...Adressen...tote Zeitgenossen." Sie schickte ein verzweifeltes Lachen hinterher. Sabines Art war so entwaffnend, dass sie der Versuchung widerstehen musste, ihr die Wahrheit zu erzählen.

„Es ist so. Wir haben ein besonderes Möbelstück gefunden und dazu einen interessanten Namen. Und nun muss ich über diese Familie etwas herausfinden."

Sabine zeigte sich immer noch interessiert und nickte verständnisvoll. „Tja, das muss ein ganz besonderes Stück sein. Was ist es denn?"

Lydia zögerte nur kurz, dann gab sie nach einem kurzen Atemzug die Wahrheit zu: „Eine Kaminuhr! Edles Stück! Aber eigentlich ist ein Brief, um den sich das Geheimnis rankt."

Offenbar schien mit dieser Antwort Sabines Neugier befriedigt worden zu sein, denn sie stellte keine weiteren Fragen mehr. Dienstbeflissen stellte sie sich wieder hinter ihren Schreibtisch und ordnete ein paar Formulare, was Lydia als günstigen Zeitpunkt betrachtete, sich zu verabschieden. „Ich will dich nicht länger von der Arbeit abhalten, Sabine. Es war schön dich wiederzusehen. Und danke für die Information!"

Sabine notierte schnell eine Nummer auf einen Zettel und hielt sie Lydia hin. „Nicht der Rede wert. Hier ist meine Nummer. Falls du doch noch länger bleibst, kannst du mich anrufen. Wir könnten einen Kaffee trinken gehen und über alte Zeiten plaudern. Nur so eine Idee!"

Lydia lächelte überrascht und steckte den Zettel in ihre Hosentasche. „Sehr gerne. Wenn ich es organisieren kann, warum nicht! Tschüss!" Sie zog die Türe hinter sich zu, erleichtert, sich nicht noch mehr verquatscht zu haben, was so oft der Fall war.

„Ich hätte gerne Band 20 durchgesehen", sagte sie, als sie erneut an die Theke am Empfang trat.

Der Mitarbeiter kam hinter der Theke hervor, um voranzugehen, stellte sich vor das große Regalsystem im hintersten Raum, öffnete ein Schubfach und zeigte auf die kleinen Boxen, in denen die Bänder lagen. „Sie haben hier den Fränkischen Kurier und die mittelfränkische Zeitung. Hier müsste sich ihr Band befinden," er zwinkerte ihr durch seine Brillengläser zu, „und wenn Sie nicht wissen sollten, wie man so einen Film einlegt, kann ich Ihnen gerne behilflich sein."

„Oh, das ist sehr nett, aber ich komme schon zurecht mit den Bändern. Dankeschön!" Sie starrte schon aufgeregt auf die Boxen und konnte ihren Eifer kaum dämpfen.

Das Einlegen erwies sich jedoch als schwieriges Unterfangen, da sie vor Aufregung ganz zittrige Hände hatte und den Film nur mit Müh und Not unter das Teleskop schieben konnte. Sie drehte an dem kleinen Rädchen, um die Schärfe einzustellen und hatte nach einer Weile auch ein ziemlich gutes Bild vor Augen. Schon nach einigen Minuten blätterte sie mit den Tasten vor und zurück, vor Aufregung ganz hektisch, weil sie fürchtete, etwas zu übersehen. Zuerst las sie jede Anzeige durch, bis sie merkte, dass sie auf diese Weise nicht schnell genug vorankam. Der Zeiger auf ihrer Uhr war beängstigend schnell vorgerückt, und sie hatte nichts herausgefunden. Sie las von Wohltätigkeitsfesten, von der großen Eröffnung des Volkfestes, die in Form einer Bierprobe eingeleitet wurde. Im Geist sah sie Margarete vor sich, wie sie sich in ihren schicken Kleidern von einer Dinnergesellschaft zur nächsten hangelte, Geist und Witz versprühte unter den bewundernden Blicken der anderen Gäste. Wieso nur konnte sie nichts finden? Sie brauchte den Gesellschaftsteil, doch diese alten Zeitungen waren so unübersichtlich, was die Suche erschwerte. Ein resignierter Seufzer entwich ihr. Aufgelöst fuhr sie sich durch das strähnige Haar. Gott, sie hatte sogar vergessen, sich die Haare zu waschen, so sehr beschäftigte sie diese Geschichte. Lydia starrte auf das leere, weiße Blatt vor sich und den Kugelschreiber, den sie mitgebracht hatte. Eigentlich konnte sie gleich einpacken, sie würde nichts finden. Wenigstens hatte sie die Kopien aus dem Adressbuch. Kapitulierend blätterte sie so schnell den Rest des Jahres 1904 durch, dass die Seiten auf dem Bildschirm vor ihrem Auge verschwammen. Wenn sie schon hier war, dann wollte sie diesen Mikrofilm auch ganz durchsehen, wenn auch provisorisch. Eine schwarz umrandete Anzeige erweckte plötzlich ihr Interesse und sie stoppte. Vorsichtig blätterte sie wieder zurück, bis sie die Anzeige deutlich vor sich hatte.

DANKSAGUNG
Für die vielen Beweise herzlicher Teilnahme bei dem Hinscheiden unseres nun in Gott ruhenden, jüngsten Sohnes

OBERLEUTNANT DOMINIK SCHNEIDER
sagen aufrichtigen Dank die tieftrauernden Hinterbliebenen
Offizier Karl Schneider und Gemahlin Maria
Schneider
6. März 1905, Nürnberg

Neue Gedankengebirge bildeten sich in ihrem Kopf und sie dachte fieberhaft an Dominik, den jungen Oberleutnant, der möglicherweise Annettes Geliebter war. Konnte dieser Name mit diesem Verstorbenen in Verbindung gebracht werden? Sie hoffte es und schnell schrieb sie die Anzeige Wort für Wort auf das leere Stück Papier. Es war ein Hoffnungsschimmer, der vielleicht Licht in diese komplizierte Geschichte bringen würde. Doch sie dachte weiter. In Gedanken malte sie sich den Tod dieses jungen Mannes aus. Wie war er gestorben? Vorher, natürlich! Also blätterte sie weiter zurück, jetzt wieder langsamer und aufmerksamer, bis die Samstag-Abend-Ausgabe die richtige Lösung bot. Die Anzeige war unter Vermischtes zu finden.

2. März 1905, Nürnberg
Ein schwerer Unfall hat sich gestern in der hoch-
geschätzten Familie des Offiziers Karl Schneider
ereignet. Was mit einer Auseinandersetzung zwischen
dem ältesten Sohn der Familie und dem Industriellen
Jonathan Stein begann, endete mit einem Sturz vom
Treppengeländer. Im Lauf des Streites kam es zu
wilden Handgreiflichkeiten, die zu einem Sturz des
besagten Opfers führten. Das Opfer war bereits tot,

als der Arzt eintraf. Die Eltern des Opfers haben sich bisher nicht zu diesem tragischen Unfall geäußert.

Das war es, das kleine Puzzlestück, auf das sie nicht zu hoffen gewagt hatte, doch nun wieder eine Wende ankündigte. Diese neue Information bedeutete eine Neuformation ihrer Gedankengänge. Aufgeregt brachte sie alles zu Papier und verstaute es in ihrer Tasche. Sie wollte ein andermal nach Jonathans weiterem Schicksal forschen. Was stand ihm bevor? Wahrscheinlich eine Gerichtsverhandlung? Hatte man ihn verurteilt und wie lange? Diese ganzen Fragen gingen ihr durch den Kopf, als sie den Mikrofilm wieder sorgfältig in seinen Behälter legte und in dem Schubfach verstaute. Wieder warf sie einen hastigen Blick auf ihre Uhr und wunderte sich darüber, dass fast drei Stunden vergangen waren, in denen sie nach etwas Verwertbarem gesucht hatte. Als sie das Gebäude verlassen hatte, brachte sie der Lärmpegel des Straßenverkehrs wieder in die Realität zurück. An der frischen Luft konnte sie ihre neu gewonnene Sichtweise der Geschichte weniger romantisch verklärt sehen. Es hatte absolut nichts Heldenhaftes, einen Mann zu töten, sei es auch, um die Ehre einer Frau zu retten. Gewalt war verabscheuungswürdig. Sie wunderte sich, dass dieser Jonathan Stein zu einer solchen Tat fähig gewesen war. Doch sie durfte nicht allzu hart mit ihm ins Gericht gehen. Schließlich war es ein Unfall gewesen. Jonathan hatte seinen Freund sicherlich nicht umbringen wollen. Lydia rief sich das Bild von Jonathan in Gedanken zurück, diese Fotografie, die ihn so sanft erscheinen ließ, aber auch geheimnisvoll. Vielleicht waren stille Wasser wirklich tief? Oder sie machte sich ein falsches Bild von ihm? Schließlich hatte sie nur diesen einen Brief gelesen.

Ihr Magen knurrte verräterisch. Schnell beschloss sie diesen Hinweis auf Nahrungsaufnahme nicht weiter zu ignorieren, deshalb steuerte sie auf einen Schnellimbiss zu. Eine große Portion Pommes half ihr, sich wieder zu beruhigen und ihre Aufgewühltheit niederzukämpfen. Sie tauchte die Pommes in das Ketchup und stopfte sie gierig in den Mund. Essen half ihr nachzudenken. Ein frischer Wind wehte ihr um die Nase, als sie zu ihrem Wagen ging. Irgendwie wurde sie den Gedanken nicht los, dass sie sich völlig auf dem Holzweg befand, obwohl alles so logisch schien. Heute Abend werde ich mir eine Liste machen mit allen Informationen und alle möglichen Abläufe durchspielen, sagte sie zu sich selbst, als sie den Wagen anließ. Sie hoffte inbrünstig, dass Selbstgespräche nicht auch noch zu einer Gewohnheit werden würden.

∽ 6. Kapitel ∾

„Möchtest du nichts essen, Kleines?" fragte ihre Großmutter von unten. Lydia hörte nur die gedämpfte Version dieser Frage, denn ihre Tür war zu, über den Boden verstreut lagen Zettel und einzelne Heftseiten, die allesamt nummeriert waren. Vorsichtig tapste sie an den Papieren vorbei, dabei vermied sie es draufzutreten. Sie öffnete die Tür einen Spaltbreit und rief zurück: „Danke, Oma, aber ich habe schon gegessen. Ich habe hier oben etwas sehr Wichtiges zu tun. Später werde ich dir alles erklären, wenn ich ein Ergebnis habe! Wenn ich jemals zu einem Ergebnis komme!" Der letzte Satz ging in einem Gemurmel unter.

Ihre Großmutter starrte noch eine Weile hinauf zum oberen Treppengeländer, als ob sie darauf wartete, dass Lydias Kopf dort erschien, doch als sie hörte, wie die Tür wieder zuging, zuckte sie nur mit den Schultern und kehrte zu ihrem Schweinebraten zurück.

Derweil saß Lydia wie ein General auf ihrem Bett und ließ den Blick von einer nummerierten Seite zur anderen schweifen. Es wirkte fast so, als befehligte sie eine Kompanie, die sich auf ihr Kommando rühren sollte. Doch die leblosen Blätter rührten sich nicht. Die ganze Szenerie war befremdlich, selbst in Lydias Augen, doch sie konnte jetzt nicht aufgeben. Hektisch schrieb sie weitere Möglichkeiten auf Zettel, um sie dann sorgfältig auf dem Teppichboden zu verteilen. Wenige Augenblicke später kombinierte sie die Zahlen miteinander und bildete kleine Stapel, nur um dann wieder alles neu zu verteilen.

Als es an die Tür klopfte, sah sie nicht einmal auf. Ihr Blick blieb auf den Teppichboden gerichtet. Erst als eine männliche Stimme ihre Konzentration störte, drehte sie den Kopf zur Tür.

„Ich lade dich zum Essen ein. Wir gehen ins *Da capo*. Die beste Pizzeria hier in der Gegend!" Wenn Alex die ganze Situation etwas unheimlich fand, so zeigte er es nicht. Sein Blick war nüchtern, ganz so, als handelte es sich um eine alltägliche Situation. Unter der dunkelbraunen Jacke trug er ein grünes Hemd, das bis zum Brustbein aufgeknöpft war. Zur Abwechslung trug er eine schwarze Stoffhose. Offenbar hatte er mit ihrer Zusage gerechnet, ohne sich die Mühe zu machen, vorher anzurufen.

Lydia reagierte nicht sofort. „Ich kann nicht. Ich bin hier noch nicht fertig!" entgegnete sie panisch und gestikulierte mit den Händen.

„Doch, du bist fertig!" Er betrat den Raum und nahm keine

Rücksicht auf die Blätter. Gleichgültig trampelte er darüber hinweg.

„Du stehst gerade auf Nummer 23", hörte sie sich sagen und hielt die Hand vor den Mund. „Bitte bringe keine Unordnung in meine Sortierung." Immer noch blickte sie sorgenvoll auf ihre herumliegenden Blätter.

Alex packte sie am Handgelenk und zerrte sie hinaus aus dem Zimmer, während sie lautstark protestierte, doch sie leistete körperlich kaum Widerstand.

„Du bereitest deiner Großmutter große Sorgen, Lydia. Sie möchte, dass du damit aufhörst und nicht weitergräbst", sagte er scharf und hielt sie immer noch fest.

Sie war ihm jetzt so nah, dass sie seinen warmen Atem auf ihrer Stirn fühlte. Verständnislos schloss sie die Augen. „Wieso verstehst du mich nicht? Und wieso versteht mich meine eigene Großmutter nicht? Sie wollte doch, dass ich über diese...diese Erscheinung etwas herausfinde. Was ist denn plötzlich los mit euch?" Wütend machte sie sich aus seiner Umklammerung los. „Du hast es doch auch gesehen?"

„Es war Einbildung." In seiner Wange zuckte ein Muskel.

„Du bist ein Verräter, ein gemeiner Verräter. Und was ist mit deinen schlauen Theorien, die du hattest? Alles schon vergessen? Jetzt lässt du mich alleine und willst mir auch noch einreden, ich wäre verrückt."

„Nein, das ist doch...", er suchte nach Worten. Er hielt das Treppengeländer umklammert und verlagerte sein Gewicht auf ein Bein. Dann drehte er den Kopf zu ihr. „Lass es mich erklären. Ich fahre morgen zurück. Mein Urlaub ist vorbei. Deswegen wollte ich, dass wir heute zusammen essen gehen und uns vertragen. Ich hasse es, im Streit zu gehen. Weswegen streiten wir uns überhaupt?"

Sie kam ihm ganz nah, so dass sich ihre Nasenspitzen fast berührten und wisperte: „Dann wirst du eben im Streit gehen müssen. Ich gebe meinen Posten hier nicht auf!" Damit schlug sie die Tür hinter sich zu. Alex stieg schweigend die Treppen hinab.

Lydias Großmutter bat ihn zum Essen zu bleiben und den Schweinebraten zu kosten, doch Alex war der Appetit vergangen. Er hatte es nur noch eilig, nach Hause zu kommen.

Irene zeigte sich erstaunt, als er durch die Eingangstür trat. „Nanu, ich dachte, ihr wolltet in die Pizzeria?" Sie trug einen knallgelben Trainingsanzug, ihr Körper hatte eine eigenartige, verdrehte Position eingenommen. Konzentriert setzte sie ihre Dehnübungen fort, während sie mit ihm sprach. „Ich dachte, ihr versteht euch so gut. Hatte sie denn keine Lust, mit dir auszugehen?"

Er schälte sich aus seiner Lederjacke und legte sie nur auf der Kommode ab. „Sie will nicht mit mir ausgehen. Lieber nummeriert sie irgendwelche Blätter", entgegnete er trocken und stapfte an ihr vorbei.

„Blätter?" Irene unterbrach nun ihr Trainingsprogramm und folgte ihm ins Esszimmer. „Was ist nun passiert?"

Er öffnete den Barschrank, schenkte sich einen Wodka ein, nippte und verzog das Gesicht.

„Wieso trinkst du das Zeug, wenn es dir nicht schmeckt?" Irene schüttelte verständnislos den Kopf und setzte sie an den Tisch, begierig alles zu erfahren.

„Das ist das einzig Brauchbare in deinem Barschrank, Granny. Deine süßen Liköre sind tödlich", erwiderte er angewidert. Mit dem Glas in der Hand setzte er sich ebenfalls hin, rückte aber mit dem Stuhl etwas vom Tisch ab, als bräuchte er Raum zum Denken.

„Lydia steigert sich in diese Sache hinein. Sie wird krank, Granny!" Er nannte sie immer so, wenn er ihren Rat bedurfte. Dann wußte sie immer, in welcher Stimmung er sich gerade befand.

„Oh, du magst sie, nicht wahr?" erklärte Irene sichtlich erfreut.

Er sprang vom Stuhl auf, als hätte ihn etwas in den Allerwertesten gestochen. Er kehrte ihr den Rücken zu. Offensichtlich war ihm diese Frage peinlich. „Es geht nicht darum, ob ich sie mag oder nicht mag. Es ist an der Zeit, sie nach Hause zu schicken!"

Irene setzte zum Sprechen an, doch er hob die Hand, um vorweg jeglichen Protest ihrerseits abzuwehren. „Ich denke, du solltest mit Maria darüber reden", schloss er mit gerunzelter Stirn.

Mit stoischer Ruhe saß Irene mit gefalteten Händen am Tisch und blickte zu ihm hinauf. Es dauerte eine Ewigkeit, bis sie in ihrem Kopf die richtigen Worte fand, um ihrem Enkel das zu erklären, was er nicht verstand. „Mein lieber Junge, es liegt nicht an uns. Die Frage ist doch, ob Margarete sie gehen lassen wird!"

∗

Wenn es etwas gab, was Lydia nicht mochte, dann waren es Ausreden, die auf einer schlechten Lüge basierten, doch gerade in einer solchen Situation befand sie sich gerade, denn es war Mittwoch Morgen und sie telefonierte gerade mit ihrem Abteilungsleiter.

„Es tut mir wirklich leid, aber meiner Großmutter geht es im Augenblick sehr schlecht und ich kann sie unter diesen Umständen nicht alleine lassen. Ich würde sie sehr ungern so zurücklassen", krächzte sie in den Hörer, bemüht sorgenvoll.

Am anderen Ende der Leitung hörte sie ein zustimmendes Geräusper, oder hoffte, es als solches verstanden zu haben. „Ich glaube, dass sie sich schnell wieder erholen wird, doch die restliche Woche würde ich gerne noch Urlaub nehmen", erklärte sie mit gespielter Selbstsicherheit.

„Ja, ja, das ist jetzt etwas ungünstig. Aber, ein Notfall ist ein Notfall." Herr Bauers sonore Stimme drang an ihr Ohr und sie versuchte sich gerade vorzustellen, wie er gerade an seinem Schreibtisch saß, möglicherweise nervös mit dem Kugelschreiber rumspielte. Er war ein kleiner, untersetzter Mann mit Stirnglatze, doch immer höflich und fair. Es gefiel ihr nicht, ihm so eine Geschichte aufzutischen, doch wie er sagte, ein Notfall war ein Notfall.

Erleichtert legte sie auf, als sie versprochen hatte, nächsten Montag wieder ins Geschäft zu kommen, dafür aber diese Woche noch frei bekam.

Vor Aufregung war ihr Gesicht ganz rot geworden, was sie im Spiegel erkennen konnte, doch das störte sie nicht, solange es Herr Bauer nicht sehen konnte. Mit neuem Feuereifer schob sie die Gardinen beiseite und riss das Fenster auf, um frische Luft hereinströmen zu lassen. Die Sonne tauchte bereits den Garten ihrer Großmutter in ein goldenes Licht, was erst jetzt die Frage in ihr aufkommen ließ, wie diese alte Frau überhaupt noch soviel Energie aufbrachte, den Garten zu pflegen.

Sie trat vom Fenster zurück, da ihr einfiel, dass der neue

Umstand erforderte, einen Einkauf zu tätigen. Wenn sie noch ein paar Tage bleiben wollte, musste sie noch einige Dinge besorgen, wie Kosmetikartikel und ein paar Flaschen von dem Wein, den ihre Großmutter so gerne trank. Schließlich hatte sie einen Wagen, damit konnte sie Großmutters Vorrat ein wenig aufstocken, ohne dass Maria selber die schweren Flaschen tragen musste.

Wenige Augenblicke später betrat sie die Küche, in der Maria bereits zugange war. „Guten Morgen, was für ein herrlicher Tag", sagte Lydia euphorisch. Flüchtig umarmte sie die alte Frau von der Seite, aber flatterte sogleich wie ein Schmetterling davon. Sie gab Maria nicht die Gelegenheit, die Umarmung zu erwidern.

„Du hast gut geschlafen, Liebes?" Maria lächelte. Es klang jedoch mehr wie eine Feststellung als eine Frage.

„Großartig! Gleich nach dem Frühstück werde ich einkaufen gehen. Bitte gib mir deine Einkaufsliste, dann erledige ich das. Du brauchst dich um nichts zu kümmern. Außerdem gibt es eine Neuigkeit. Ich bleibe noch die ganze Woche hier bei dir!" erklärte Lydia und goss sich Kaffee in ihre weiße Lieblingstasse. Dabei verschüttete sie etwas. Die schwarze Flüssigkeit rann die geschwungene Tasse hinab und hinterließ einen unschönen Rand auf dem weißen Tischtuch.

„Mein Gott, bin ich ungeschickt, das tut mir leid", sagte Lydia mehr zu sich selbst und tupfte mit einem Geschirrtuch die Tasse sauber, dann das Tischtuch. Dabei entging ihr der Ausdruck blanken Entsetzens auf Marias Gesicht, die sich schnell zum Herd drehte.

Obwohl Lydia während des Frühstücks ausgelassen über ihren Tagesplan plauderte, gab Maria nur einsilbige Antworten oder Kommentare dazu ab, was Lydia gar nicht wirklich auffiel. Bereits auf dem Weg zum Auto, sah sich Lydia noch einmal um, lief zur Küche, blieb wie angewurzelt im Türrahmen stehen und fragte endlich:

„Geht es dir auch gut? Du bist heute so still! Du bist doch nicht krank?" Eine Panikwelle ergriff sie. Sollte ihre Lüge etwas heraufbeschworen haben?

„Nein, ich bin nur so müde, Liebes!"

Lydia lächelte erleichtert und machte sich davon.

Träge räumte Maria den Tisch ab, bis sie nach Lydias Tasse griff, um sie mit dem restlichen schmutzigen Geschirr in die Spüle zu stellen, als sie in der Bewegung inne hielt. Der Kaffeefleck, der zunächst nur wie eine Umrandung ausgesehen hatte, zeigte nun die Konturen eines Gesichts mit Mund und Augen. Vor allem der Mund schien geheimnisvoll zu lächeln.

Maria bekreuzigte sich, als wolle sie Böses abwenden. Dann zog sie schnell das Tischtuch ab und trug es in die Waschküche. Ich bin doch ein närrisches Weib, dachte sie im Stillen, und schrieb diese unwillkommene Halluzination ihrer Einbildungskraft zu.

*

Lydia konnte an diesem Tag nichts die Laune verderben. Im Drogeriemarkt lächelte sie freundlich die Kassiererin an, als sie Duschgel, Taschentücher, Zahnpasta und ein fruchtiges Deospray bezahlte. Gutgelaunt trat sie wieder hinaus in die morgendliche Sonne, da hörte sie jemanden ihren Namen rufen.

Sabine Baumgärtner kam gerade von ihrer Mittagspause und hielt noch die Reste einer Pizzatasche in ihrer Hand. „Mensch, das ist ja schön, dich wiederzusehen", begrüßte Lydia ihre alte Schulfreundin, als sie von der gegenüberliegenden Straßenseite herübergelaufen kam.

„Das finde ich auch! Na, bist du fündig geworden im Stadtarchiv?" wollte Sabine wissen. Umständlich steckte sie sich den Rest der Pizzatasche in den Mund.

„Schon, aber ich bin noch nicht ganz zufrieden. Informationen zusammenzutragen ist viel Arbeit!" erklärte Lydia.

„Du, ich mache heute um 16 Uhr Feierabend. Sollen wir uns danach noch in ein nettes und gemütliches Café setzen und über alte Zeiten quatschen?" fragte Sabine. Der Ausdruck in ihrem Gesicht zeugte von ehrlicher Freude über dieses Zusammentreffen, daher willigte Lydia ein, obwohl sie natürlich andere Pläne gehabt hatte. Sie einigten sich auf halb fünf im Café Lindner in der Königsstraße, also musste Lydia die Zeit bis dahin sinnvoll nutzen. Eigentlich hatte sie noch einmal in die ehemalige Biemannsche Villa gehen wollen, doch da sie sowieso in der Stadt war, konnte sie sich genauso gut das alte Stadthaus der Familie Putz ansehen, wenn es noch vorhanden war. Sie kramte nach einem Zettel in ihrer Tasche, auf dem die Adresse stand. Soweit sie noch wusste, stand es in der Burgstraße. Viel Hoffnung machte sie sich nicht, doch sie wollte es dennoch versuchen. Von der Hauptstraße am Bahnhof gelangte man schnell in die Innenstadt durch die Unterführung, in der es sehr geschäftig zuging. Obwohl es erst kurz nach ein Uhr mittags war, tummelten sich ganze Scharen von Touristen und Einheimischen auf den Straßen. Sie hatte keine Ahnung wie sie zur Burgstraße gelangen sollte, also fragte sie den Maronenverkäufer, der ihr gleich als Erster auf der Königsstraße begegnete. Sie konnte nicht umhin, eine Tüte

Maronen zu kaufen, da er sich als so hilfreich erwiesen und ihr den Weg sehr detailliert beschrieben hatte.

Lydia brauchte fast zwanzig Minuten, um ihr Ziel zu erreichen. Durch die Wolkendecke hindurch kämpften sich einige Sonnenstrahlen und als sie an der Lorenzkirche vorbeischlenderte, warf diese lange Schatten über die kopfsteingepflasterte Fußgängerzone. Vorbei an etlichen Geschäften führte ihr Weg über die kunstvolle Fleischbrücke, der sie weiter abwärts zum Hauptmarkt brachte, von wo aus sie zur Burgstraße gelangte. Unter dem drohenden Schatten des alten Rathauses mit seinen Giebelschrägen, auf denen allegorische Figuren saßen und spöttisch hinunterblickten, stapfte sie die etwas steile Straße hinauf. Ihre Enttäuschung war unermesslich, als vor ihr ein moderner, weißer Neubau aufragte - unten war ein Friseurgeschäft, darüber zwei Wohnungen. Das konnte nicht das Stadthaus sein, auf das sie gehofft hatte. Es musste schon längst abgerissen worden sein. Laut der Informationen aus dem Stadtarchiv standen hier und um den Hauptmarkt herum einige Patrizierhäuser, doch diese hatten den zweiten Weltkrieg offensichtlich nicht überlebt. Sie stand etwas bedrückt vor dem Haus, bis sie ihren Unmut vergaß und sich einen großen Cappuccino in einem Café bestellte. Wo sollte sie hin? Sie hatte keine Ahnung, wie sie eine weitere geisterhafte Unterredung herbeiführen sollte. Es schien ihr sinnlos weiter zu graben, da ihr keine weiteren Gebäude mehr einfielen, die sie aufsuchen konnte. Also vertrieb sie sich den Rest der Zeit, der ihr noch bis zum Treffen mit Sabine blieb, mit Einkaufen. Aus lauter Langeweile kaufte sie zwei Hosen, drei Oberteile und zwei Paar Schuhe. Sie hatte den Einkauf trotzdem sehr genossen. Eigentlich konnte sie sich gar nicht mehr daran erinnern, wann sie das letzte

Mal so erfolgreich shoppen war. Jetzt konnte sie noch eine weitere Woche hier bleiben, ohne sich in den fröhlich gemusterten und mit Voilants besetzten Blusen ihrer Großmutter präsentieren zu müssen.

Das Café Lindner war gut besucht. Die Kuchenauswahl bot alles an, was der hungrige Magen begehrte. Lydia und Sabine bestellten sich erst einen Apfelkuchen, dann jeweils ein Petit four, dazu tranken sie Latte Machiato mit ordentlich viel Schaum.

„Ach, toll, das Wetter ist heute so schön, findest du nicht? Man merkt, es wird langsam wärmer." Lydia streckte sich in ihrem Stuhl und nippte noch einmal an der großen Tasse. „Richtig nett hier, mit dir zu sitzen!"

„Ja, du hättest dich auch mal bei mir melden können. Wir haben uns in der Schule doch immer gut verstanden", meinte Sabine vorwurfsvoll.

„Du weißt doch, wie das so ist, Sabine. Nach der Realschule sind wir umgezogen, meine Eltern wollten unbedingt nach München. Meine Großmutter lebt zwar noch hier, aber ich gebe zu, ich habe sie sträflichst vernachlässigt. Was ich in Zukunft wieder gut machen werde!"

Sabine lächelte. „Prima, das bedeutet also, wir werden uns öfter mal sehen. Das gefällt mir. Jetzt erzähl mal. Was hoffst du eigentlich herauszufinden? Es geht doch um Antiquitäten! Wie weit bist du denn jetzt mit deinen Nachforschungen?" Sie verschränkte die Finger ineinander und legte sie auf ihren Bauch. Eine Geste, die verriet, dass sie nun einen vollen Bericht wünschte.

Lydia wand sich auf ihrem Stuhl. Sollte sie erzählen, um was es ging? Was, wenn Sabine sie für völlig verrückt halten würde, so wie es Alex tat? Also erzählte sie nur die halbe Wahrheit. „Ich habe dir doch von dieser Kaminuhr erzählt, dieser Antiquität. Nun, darin war ein Brief aufbewahrt und ich versuche einfach nur mehr über den Verfasser herauszufinden. Er hat einen Liebesbrief an eine geheimnisvolle Dame geschrieben!" Lydia lächelte verschwörerisch und blinzelte.

„Das ist ja romantisch", erwiderte Sabine und neigte sich nach vorne, „erzähl mehr. Was hast du bereits herausgefunden?"

Dann sprudelte es aus Lydia heraus. „Er war ein Industrieller, sein Vater war ein Fabrikleiter. Und er war als kein Kostverächter bekannt. Er genoss die Gesellschaft schöner Damen. Er verliebte sich höchstwahrscheinlich in Margarete Putz, und das war sein Untergang. Ihre Cousine verliebte sich in einen Oberleutnant, der sie schwängerte und dann sitzen ließ. Dieser Schurke war Jonathans Freund und dadurch entbrannte ein Krieg zwischen den beiden Männern, der sogar zum Tod des jungen Oberleutnants führte."

„Spannend! Aber dann weißt du ja schon alles. Bist du irgendwie mit einer dieser Familien verwandt?" wollte Sabine beiläufig wissen und umschloss die Cappuccinotasse mit ihren beiden Händen. „Und?"

„Nein!" Lydia blickte gedankenverloren durch Sabine hindurch. „Dieser Gedanke ist mir noch nicht gekommen!"

„Na ja, ist ja auch nicht so wichtig. Wo ist dieser Jonathan Stein begraben?"

„Ich weiß es nicht!" Lydia griff sich an die Stirn. „Ich...soweit bin ich nicht gekommen."

„Dann lass es uns herausfinden. Wir schauen im Standesregister des 20. Jahrhunderts nach. Dort sind Geburten und

Sterbefälle eingetragen. Wir haben sogar ein Standesregister des 19. Jahrhunderts. Da staunst du, was?"

„Oh, das wäre großartig! Was für eine Idee! Könntest du mir Einblick verschaffen in diese Bücher?"

„Natürlich. Wir haben auch eine Datenbank. In der ist der gesamte Häuserbestand mit Besitzerliste innerhalb der Altstadt eingetragen, und das ab dem 15. Jahrhundert", erklärte Sabine weiter. „Weißt du, wo er gewohnt hat?"

„Wer?" Lydia schien völlig durcheinander.

„Na, dieser Poet, der diesen Liebesbrief geschrieben hat, natürlich!" Sabine lachte, als hätte sie einen Witz gemacht.

„Jonathan Stein, meinst du?"

„Ja, genau der!"

Lydia starrte sie aus großen Augen an. „Gott, darüber habe ich noch gar nicht nachgedacht!"

*

Maria starrte Lydia aufmerksam an, als sie gemeinsam ihr Abendessen einnahmen. Lydia redete in einem fort, über ihre Pläne, ihr Leben und was sie zu tun gedachte, wenn sie wieder in München war. Sie gab den Anschein einer unbeschwerten und fröhlichen jungen Frau, während sie ihr Schinkenbrot verdrückte.

„Ist alles in Ordnung, Lydia?" fragte Maria. Sie traute dieser Sinneswandlung nicht. „Gestern Abend warst du noch völlig verwirrt und heute morgen so aufgewühlt."

„Es ist lieb, dass du dir Sorgen machst, aber ich fühle mich prächtig. Diese Erholung hat mir gut getan!"

„Und dass Alex weggefahren ist, macht dir auch nichts aus?"

„Aber ich kannte ihn doch kaum. Er war sehr nett, aber er hat sein Leben und ich das meine. Ich habe überreagiert! Ich finde ihn ganz sympathisch, natürlich. Diese ganze Sache hat uns zusammengeschweißt und ich habe Sympathie einfach mit *mehr* verwechselt." Lydia lächelte gekünstelt und glaubte tatsächlich, was sie sagte.

Später telefonierte sie mit ihrer Mutter und schaffte es auch noch, ihre Mutter davon zu überzeugen, dass sie nur wegen der Aussicht auf Erholung noch eine Woche bleiben wollte.

„Ja, Mama, es ist wundervoll, wieder hier zu sein. Ich habe eine alte Schulfreundin getroffen." Sie pausierte und ihre Mutter redete eine Weile. Dann folgte ein kurzes Lachen, ebbte wieder ab und sie schnatterte wieder drauf los. Bevor sie sich von ihrer Mutter verabschieden wollte, fragte sie noch schnell: „Ist Vater vielleicht irgendwo in der Nähe? Ich möchte ihn was fragen." Die Zeit verstrich mit lähmender Langsamkeit, bis ihr Vater den Hörer in die Hand nahm. "Ach, Paps, ja, ich bin es...ich brauche Informationen über unseren Stammbaum", wieder folgte Schweigen von Lydias Seite. Dann bot sich ihr eine Chance den Redestrom ihres wissbegierigen Vaters zu unterbrechen. „Nein, du verstehst nicht. Ich brauche diese Info nicht für berufliche Zwecke. Einfach so aus Interesse. Dir sagt der Name <Stein> wohl nichts, oder?"

Sie hörte eine Weile zu, nickte beipflichtend. Sie sagte nur noch: „Danke. Ja. Wünsch ich dir auch, Paps. Tschüss."

Maria machte ein neugieriges Gesicht. „Und? Was hat er gesagt?"

„Der Familienname <Stein> kommt in unserer Familienchronik natürlich nicht vor. Leider wäre diese Erklärung einfach zu schön gewesen. Das bringt mich leider wieder zum Anfang."

Lydia setzte sich auf die Sofaarmlehne und blickte fragend zur Decke.

Maria schickte ein Dankesgebet gen Himmel. „Gut, dann ist es jetzt an der Zeit, hier aufzuhören. Es ist mir egal, wann und warum dieser Brief geschrieben wurde. Du suchst dir jetzt ein paar schöne Möbelstücke aus Irenes Villa aus - die noch zum Restaurieren taugen - und fährst heim."

Lydia gestikulierte wild mit den Händen und setzte sich dann breitbeinig auf das Sofa. „Ich kann es noch immer nicht fassen! Leider führen alle Straßen in eine Sackgasse." Sie lächelte verloren. „Warum wollte sie meine Hilfe? An wen erinnere ich *sie*?"

Maria schüttelte sich, um das Gefühl des Unbehagens loszuwerden. „Bitte hör auf, *sie* zu erwähnen. Sie ist kein Mensch mehr. Nur noch ein Geist. Und du wirst jetzt gehen. Ich möchte nicht, dass dir etwas passiert. Und jetzt, da ich weiß, dass dieser arme, ruhelose Geist eine Verbindung zu dir aufgebaut hat, weil sie deine Hilfe benötigt, verlange ich um so dringlicher, dass du sofort nach Hause fährst." Sie umarmte ihre Enkelin und drückte sie fest an sich. „Ich liebe dich, mein Kind, nur deswegen, verlange ich, dass du gehst!"

Lydia löste sich entrüstet aus dieser Umarmung. „Wie kannst du nur? Wir sind so nah am Ziel! Ich gehe auf keinen Fall!" Sie erhob sich, stieß mit dem Bein gegen den Tisch und taumelte unsicher in die Mitte des Zimmers. „Mich bringt nichts fort von hier!" Sie breitete die Arme aus, als wollte sie nicht alle Anwesenden, sondern auch die Toten davon überzeugen, dass sie bereit war, hier zu bleiben.

Ein weißer, schimmernder Streifen wanderte von der Wand in den Raum und umschwebte Lydias Konturen. Es geschah so schnell, dass Maria in der Bewegung erstarrte und nur noch zusehen konnte, wie dieses eigenartige Licht sich um Lydia wand wie eine Schlange, die nach einem Opfer verlangte.

Verzeih mir! Verzeih mir!

Die dumpfen Laute, die das Licht begleiteten, klangen anfänglich wie ein weinerliches Schluchzen, doch dann wurden die Laute drängender, verzweifelter und schwollen an zu einem kaum zu ertragendem, schmerzerfülltem Wehklagen.

Lydia begann sich zu drehen, dann bewegte sie sich rhythmisch in diesem Kokon aus weißem Nebel. Mit geschlossenen Augen gab sie sich diesem Spiel hin, dem drängenden Wehklagen sich ergebend.

Maria wollte aufstehen, und diesem Schauspiel eine Ende setzen, doch ihre Beine versagten und ihr Schrei verlor sich in einem hilflosen Krächzen. Noch bevor sie die Hand ausstrecken konnte, um ihrer Enkelin zu Hilfe zu eilen, sank sie zurück in die weichen Polster und eine Ohnmacht, so unwillkommen sie auch sein mochte, führte sie an einen Ort der Ruhe und des Vergessens.

∽ 7. Kapitel ∾

Alex riss das Fenster in seinem Büro auf, um frische Luft reinzulassen. Es war genau 9.15 Uhr, und er konnte sich einfach nicht dazu aufraffen, endlich mit der Arbeit anzufangen.

Ein Kollege rauschte herein und begrüßte ihn mit einem fröhlichen Guten Morgen. „Wie ich sehe, bist du heute blendend aufgelegt. Was ist los?"

„Ich denke nach", war Alex' knappe Antwort. Er lehnte mit

dem Rücken zum offenen Fenster und verschränkte die Arme vor der Brust. Mit umwölkter Stirn starrte er auf das Telefon.

„Das ist im Allgemeinen nicht schlecht. Aber darf ich dich daran erinnern, dass wir einen Vorentwurf liefern müssen? Wie sieht es damit aus?" wollte der Kollege wissen, auf die Mappe in seiner Hand deutend.

„Nicht gut! Ich hatte keine Zeit. Da der Grundriss schon steht, nehme ich an, du hast sicherlich etwas ausgearbeitet. Wie gut, dass wir dieses Projekt gemeinsam leiten."

Sein Kollege warf die Mappe auf seinen Tisch. „Ja, wie recht du hast. Ich habe die Planungsidee sogar weiterentwickelt. Du kannst es dir ansehen, wenn es dich interessiert?" Der letzte Satz klang eine Spur zu süffisant.

Alex bemerkte die Spitze in dieser Frage und meinte entschuldigend: „Es tut mir leid. Ich habe gerade keinen Kopf für dieses Projekt!"

„Ist etwas geschehen in deinem Urlaub?"

„Nicht wirklich. Ich hatte nur einige unglaubliche Erlebnisse!" Alex rückte vom Fenster ab und setze sich in seinen schwarzen, ergonomischen Bürostuhl. Gedankenverloren knabberte er an einem bereits angenagten Bleistiftende.

„Ich kann dir auch was aus der Kantine holen, Alex! Brauchst es nur zu sagen! Holz liegt so schwer im Magen." Der Kollege zwinkerte und war einfach nicht bereit, das Büro wieder zu verlassen, ohne erfahren zu haben, was seine Gedanken so gefangen hielt.

„Du bist ja heute ein richtiger Scherzkeks." Alex schielte erneut nach dem Telefon, besann sich dann aber anders und lehnte sich wieder zurück in seinen Stuhl. Einige Sekunden später jedoch tippte er eine Nummer ein und drückte die Freisprechtaste.

„Ja, bitte!" Irenes Stimme war am anderen Ende der Leitung zu hören.

„Ich bin´s, Alex", begann er, „ich wollte nur hören, wie es dir so geht."

„Ach, das ist ja nett, dass du dich meldest. Wir haben uns zwar erst vorgestern verabschiedet, aber es ist so aufmerksam, dass du um mich besorgt bist, lieber Junge!"

„Ja, ja, so bin ich eben!"

„Ich mache gerade meine Gymnastikübungen", fügte sie etwas atemlos hinzu. Man hörte, dass sie ihre Übungen fortsetzte, während sie telefonierte.

„So?"

„Wolltest du etwas Bestimmtes?"

„Eigentlich nicht! Wollte nur hören, wie es dir und den anderen so geht?"

Der Kollege folgte dem Wortwechsel mit aufmerksamer Miene.

„Na ja, mir geht es gut. Aber es ist so furchtbar viel passiert in letzten zwei Tagen," hörten sie Irene sagen. Ihre Stimme klang übers Telefon sehr gedämpft, dennoch konnte man tiefe Betroffenheit heraushören, als sie weitersprach: „Den anderen geht es leider nicht so gut und ich bin schuld an dieser Katastrophe. Gestern habe ich Maria besucht. Sie hatte einen furchtbaren Schwächeanfall und musste den ganzen Abend im Bett verbringen. Mein Junge, stell dir vor, Maria hat Margaretes Geist nun auch gesehen, aber sie konnte sich nicht mehr richtig daran erinnern, weil sie ohnmächtig geworden ist. Lydia brachte sie dann ins Bett und versprach ihr, sofort abzureisen. Sie glaubte, Lydia hätte sich auch daran gehalten, doch in ihrer Wohnung konnte sie ihre Enkelin telefonisch nicht erreichen, und da war sie doch sehr besorgt. Mir tut die Kleine ja auch leid. Wir haben das Mädchen da aber auch in eine unangenehme Lage gebracht. Du weißt ja gar nicht..."

Alex sprang auf, schnappte sich seine Tasche und sagte im Vorbeigehen zu seinem Kollegen: „Gib doch bitte Bescheid, dass mich private Angelegenheiten für den Rest der Woche von der Firma fernhalten werden. Danke, Tom!"

Tom starrte ihm verwundert hinterher, lauschte noch eine Weile Irenes Schilderungen am Telefon, bis er sie endlich höflich darüber informierte, mit welcher Hast Alex geradeeben das Büro verlassen hatte.

*

Lydia und Sabine saßen vertieft vor dem Computer im Lesesaal. Ihre Augen verfolgten das Laden der Informationen in der Datenbank.

Lydia wiegte sich unruhig auf dem Stuhl hin und her. „Ich bekomme gleich einen Herzinfarkt vor Aufregung."

„Die Daten sind gleich da". Sabine, die das Programm ausführte, warf Lydia einen aufmunternden Blick zu. „Du bist ja richtig Feuer und Flamme, was diese Nachforschungen betrifft. Ah, da ist es!" Sie bewegten sich im Standesregister des 19. Jahrhunderts und fanden den Namen „Dominik Schneider".

Beim Sterbedatum war der 1. März 1905 eingetragen. Als Todesursache war eine Hirnblutung angegeben. Lydia entfuhr ein Seufzer, der Überraschung und gleichermaßen Freude über die

Gewissheit preisgab. „Also stimmt der Bericht aus der Zeitung. Jetzt kenne ich sogar die genaue Todesursache", sagte Lydia mehr zu sich selbst als zu Sabine, die den Zusammenhang nicht ganz verstand.

Sie suchten noch nach Jonathan Stein, doch obwohl er unter Geburten zu finden war, hatten sie keinen Erfolg unter den Sterbefällen.

„Er ist wirklich verschwunden. Aber wie und wann? Das würde mich brennend interessieren." Lydia lehnte sich zurück und warf den Kopf in einer Geste der Ratlosigkeit nach hinten.

„So, das wäre also das Standesregister. Du möchtest sicherlich noch einen Blick in unser „Häuserbuch" werfen? Dort sind alle Einzelgebäude der Innenstadt mit ihren Besitzern eingetragen", sagte Sabine.

Lydia rappelte sich wieder hoch. „Gott, Sabine, bin ich froh, dass du Einsicht hast in diese Datenbanken."

„Wir suchen nach den Besitzern, das wäre also Stein, oder?" Sabine tippte den Namen ein und wartete.

Lydia biss sich auf die Lippen und starrte in den Monitor. „Genau, ich hoffe es gibt nicht zu viele!"

„Genaugenommen einen. Und das wäre Josef Stein!" Sabine blickte sie beifallheischend an, dann wanderten ihre Augen wieder zum Monitor und sie sagte: „Sein Haus lag in der Winklerstraße. Die alte Hausnummer war 4. Ein altes Haus im italienischen Renaissancestil ausgeführt und heute hat es die Hausnummer 2. Es steht immer noch!"

Der glückliche Umstand, eine Freundin wie Sabine zu haben, hatte Lydia nun endlich zu den erwünschten Informationen geführt. Als sie mit den Nachforschungen begonnen hatte, war noch nicht abzusehen gewesen, wie sehr sie sich verwickeln lassen würde in eine Geschichte, die außerhalb ihrer Zeit und ihres Raums spielte.

Wirklich glücklich war sie nicht über die neue Situation, die durch die Neuigkeiten aus der Datenbank entstanden war. Nun wußte sie, dass Jonathan wirklich für den Tod seines Freundes verantwortlich war.

Wie verrückt sie auch erscheinen mochte in den Augen der anderen, sie musste dem Drängen nachgeben, nach einer Lösung zu suchen, damit Margaretes Geist endlich Frieden finden konnte.

Maria war sicherlich außer sich vor Sorge und da Lydia ihre Großmutter angeschwindelt hatte, was ihre Abreise betraf, beschlich sie das unangenehme Gefühl des schlechten Gewissens. Doch als Maria bei Lydias letzter Interaktion mit Margaretes Geist ohnmächtig geworden war, fasste sie den Entschluss, ihre Großmutter nicht weiterhin zu belasten und ihre Abreise zu beschleunigen. Noch am selben Abend hatte sie ihre Koffer gepackt und war in ein Hotel gezogen. Da nun alle glaubten, Lydia wäre wieder zu Hause, kam sie sich wie ein Verbrecher vor, als sie in ihrem Hotelzimmer saß und aus dem Fenster blickte. Aus ihrer Tasche holte sie ihr Handy heraus und gab die Telefonnummer ihrer Großmutter ein.

Als sich nach wiederholtem Läuten niemand meldete, warf sie enerviert das Handy aufs Bett und ein Seufzer des Unmuts kam über ihre Lippen. Sie schaltete den Fernseher ein, doch nachdem sie alle Kanäle durchgezappt hatte, machte sie ihn wieder aus. Unversehens klingelte das Handy, worauf sie erschreckt hochfuhr, jedoch in aller Eile danach griff, ohne nach der Nummer auf dem Display zu schauen.

Es war Alex. Seine tiefe und besorgte Stimme bereitete ihr Herzflattern und sie hasste sich selber dafür. Er fragte, wo sie sei und sie antwortete im Gegenzug: „Woher hast du überhaupt meine Nummer?"

Wahrheitsgetreu erklärte er ihr, dass ihre Großmutter ihre Nummer an ihn weitergegeben hatte und sie deshalb nicht ans Telefon gehen konnte, weil sie im Bett lag und etwas angeschlagen war. Voller Panik erkundigte sich Lydia nach ihrem Befinden und erst als Alex sie beruhigt hatte, was Marias kleinen Schwächeanfall betraf, war sie in der Lage normal mit ihm zu reden.

Er fragte sie, wo sie sei, und es fiel ihr nicht leicht, zugeben zu müssen, dass sie sich ein Zimmer in einem Hotel genommen hatte, um in Nürnberg bleiben zu können.

Eine halbe Stunde später spazierte er schon in die Empfangshalle des kleinen Hotels herein, mit einem unwiderstehlichen Lächeln auf den Lippen. Ihre Miene zeigte nur einen Bruchteil dessen, was sie wirklich empfand. Freude über sein Auftauchen, aber auch Angst davor, von ihm verlacht zu werden. Was, wenn er nur Mitleid hatte mit einer armen Spinnerin?

„Was machst du nur hier? Ich dachte, du bist zurückgefahren?" wollte sie wissen. Sie standen sich gegenüber wie Fremde, die nicht wussten, wie sie einander begrüßen sollten. Zum ersten Mal ergriff sie die Initiative und gab ihm einen Kuss auf die Wange. „Es ist schön, dich zu sehen!"

„Ich war zwischenzeitlich auch wieder im Büro, aber ich komme nicht los von dir." Er lächelte müde.

Im Schein der modernen Deckenbeleuchtung, die einen Sternenhimmel simulierte, wirkte sein Gesicht sehr markant. Ein dunkler Schatten bedeckte sein Kinn und die Wangen.

Offensichtlich war er nicht zum Rasieren gekommen. Er schien irgendwie die neugierigen Blicken der Empfangsdame hinter der Theke zu bemerken und sagte wieder in einem sachlichen Ton: „Lass uns reden. Gibt es hier eine Bar?"

Wenig später saßen sie an einem hohen Thekentisch, die Körper einander zugewandt. Während Lydia sich dem Martini ergab, hörte sie ihm zu, wie er mit den Worten kämpfte und nach Ausreden für sein Auftauchen suchte.

„Du brauchst gar nichts mehr zu erklären, Alex", unterbrach sie ihn plötzlich. „Ich weiß, du sorgst dich um mich, aber du willst es nicht zugeben. Ist schon in Ordnung. Du brauchst auch nicht zu denken, dass du mir gegenüber irgendwelche Verpflichtungen hast, nur weil wir uns einmal gut verstanden haben oder weil unsere Großmütter sich gut verstehen. Wir werden nach dieser Sache einfach wie Freunde auseinander gehen." Sie unterstrich den letzten Satz mit einer abschließenden Geste. „Ist das in deinem Sinne?"

Er hüllte sich in Schweigen, doch in seinen dunklen Augen tanzten kleine Lichter. Als er den Kopf abwandte und sich mit der Hand über das Gesicht strich, glaubte sie, sie hätte was Falsches gesagt, doch dann hörte sie ihn murmeln: „Das ist es nicht!" Langsam neigte er sich zu ihr herüber und berührte mit seinen Lippen ihren Mund. „Das ist eher in meinem Sinne!" flüsterte er, als er ihre Lippen wieder freigab.

„Gut, in meinem auch", gab sie etwas irritiert zurück. Dieser Kuss hatte sie doch sehr überrascht. Ihre Hand wanderte über sein Gesicht, zuerst zögerlich, dann zärtlich. „Wirst du mir helfen, obwohl du mich für eine Spinnerin hältst? Bitte tue es nur, wenn du es auch wirklich willst!"

„Deswegen bin ich hier, wenngleich ich daran überhaupt nicht glaube! Und mit Spinnerinnen halte ich es aus!" Er lächelte. „Der Beweis dafür ist meine Großmutter, oder nicht?"

„Aber du hast es doch auch gesehen? Und rede nicht so über Irene. Ich mag sie sehr." Sie gab ihm einen sanften Schubs.

Er lachte aus vollem Herzen. „Ich verstehe das. Ich mag sie auch sehr." Dann wurde er wieder ernst. „Warum bist du also Margaretes Kontaktperson?" Er presste seine Stirn gegen seine flache Hand.

„Wir werden es verstehen, wenn wir alles herausgefunden haben. Jonathan Stein hat seinen besten Freund getötet, unabsichtlich, aber er hat seinen Tod verschuldet. Und Margarete hat ihn dazu angestiftet. Natürlich nicht zum Mord, aber sie wollte, dass Dominik eine Abreibung bekommt, dafür dass er Annette hatte sitzen lassen. Sie will seine Vergebung. Das könnte es sein. Und ich weiß, wo Jonathan gewohnt hat, zumindest war es das Haus von seinem Vater. Das Haus steht in der Winklerstraße."

„Und wir spazieren einfach da rein, in dieses Haus, ja?" Er verengte die Augen spöttisch.

Sie schüttelte spitzbübisch lächelnd den Kopf. „Nein, wir werden klingeln und höflich um Einlass bitten!"

⚜ 8. Kapitel ⚜

11. März 1905

Die Uhr schlug drei Uhr nachmittags, während Jonathan und Margarete nebeneinander im Salon saßen. Er saß ihr zugewandt und hielt ihre Hand, beschwörend auf sie einredend. "Du wirst also mitkommen? Morgen?"

Sie drehte ihm den Kopf zu. „Ja, ich werde da sein. Ich habe hier niemanden mehr. Unser beider Leben ist zerstört!"

„Wie kannst du das sagen? Wir werden ein neues Leben in Australien beginnen. Du wirst es lieben!"

„Annette ist tot und ihr Kind auch. Ich bin schuld. Sie ist aus dem Fenster gesprungen mit dem toten Kind auf ihren Armen. Hätte ich nur auf sie aufgepasst", erklärte sie mit verlorenem Blick. „Und nun ist auch er tot! Sie werden uns immer verfolgen, Jonathan! Wie könnten wir jemals glücklich werden? Wir sind verdammt!"

„Wir werden das alles vergessen. Ich habe die größere Schuld auf mich geladen!" meinte er mit rauer Stimme. „Wirst du da sein?"

„Ich werde es versuchen. Doch wie soll ich das Vater beibringen?"

Etwas grob packte er sie bei den Schultern. „Gar nicht. Verstehst du? Du darfst niemandem ein Wort darüber sagen!"

Sie nickte, mit vor Angst umnebelten Augen.

„Gib mir ein Pfand! So weiß ich, dass du kommen wirst", bedrängte er sie.

„Gut, ich gebe dir mein Medaillon, das ich von dir habe. Du wirst es mir doch wiedergeben?"

„Ich verspreche es!"

„Ich möchte ein neues Leben mit dir beginnen, obwohl ich nicht weiß, ob es gut geht, Jonathan! Aber wir müssen wohl fliehen. Ich möchte nicht, dass sie dich vor Gericht bringen." Sie wandte ihm ihr Gesicht zu, das von Tränen bedeckt war.

Er stand auf und küsste zum Abschied ihre Hand. „Dann. Morgen!"

Sie hatten die Nacht zusammen in dem Hotelzimmer verbracht, aber in zwei Schlafstätten, obwohl Lydia jetzt schon viel mehr für Alex empfand, als sie sich eingestehen wollte. Doch sie hatte sich gebremst, vielleicht weil Margaretes Geschichte zu präsent war. Mit zerzaustem Haar und verknittertem Gesicht sah sie von ihrem schmalen Einzelbett auf und blickte dabei auf Alex' zusammengekauerte Gestalt im Sessel am anderen Ende des Zimmers. Er hatte sich mit einer Baumwolldecke zugedeckt und die Beine auf einem Polsterhocker ausgestreckt. Leider wirkte dieses Arrangement etwas unbequem für einen so großen Mann.

Sie beobachtete sein Gesicht, seine ihr zugewandte Wange mit den Stoppeln und das markante Profil, das im Morgenlicht noch anziehender wirkte als am Abend. Auch sie hatte in ihren Klamotten geschlafen, weil sie gestern einfach zu müde gewesen war nach den vier Martinis. Einige Frauen wären vielleicht darüber enttäuscht gewesen, wenn ein Mann nicht versucht hätte, die Frau ins Bett zu kriegen, nicht so Lydia. Sie legte dies zu seinen Gunsten aus, und hoffte doch inbrünstig, dass nur Respekt ihn abgehalten hatte, sie zu verführen. Während sie weiter nachgrübelte, wandte er ihr sein Gesicht zu: „Nein, ich habe nicht gut geschlafen! Ich fühle mich wie gerädert und brauche sofort einen Kaffee", raunte er mit rauer Stimme.

Lydia zog die Stirn kraus. „Das tut mir so leid! Du hättest zu Irene fahren sollen. Da hättest du es bequemer gehabt."

Er beugte sich im Sessel vor und machte seinen Rücken gerade, wobei einige Knackgeräusche ertönten. „Ich hoffe, diese Sache ist es wert, dass ich nun auch noch einen Rückenspezialisten brauchen werde."

„Es war trotzdem eine sehr romantische Nacht mit dir", sagte sie und lächelte verschmitzt.

Alex stand auf und streckte sich ausgiebig. Dann sah er sie mit einem durchdringenden Blick an. „Du hattest Glück, dass dieses

Bett ein Einzelbett ist. Sonst hätte ich für nichts garantieren können. Du wärst vor mir nicht sicher gewesen." Er lächelte verdammt unanständig und sie gab ihm spontan einen Kuss auf den Mund. „Damit wäre ich fertig geworden", flüsterte sie ihm ins Ohr. Voller Tatendrang sprang sie vom Bett und ordnete ihre Haare mit den Händen.

„Lass die Haare so. Du wirkst so feurig, wenn die Haare von deinem Kopf abstehen", meinte er süffisant, worauf sie einen Blick in den Spiegel wagte, der ihr ein sehr unvorteilhaftes Bild von ihr zeigte. Im Spiegel war sie nur bis zur Taille zu sehen, und prüfend suchte sie nach Augenrändern, bis sie merkte, dass Alex hinter ihr stand und sie an den Hüften packte.

Sie ließ ihren Kopf nach hinten fallen und sah seine dunklen Augen, die voller Intensität glühten. Es schien, als wechselte seine Augenfarbe, was jedoch der Intensität keinen Abbruch tat. Kleine Lichter tanzten in den grünen Augen, so dass sie ihn wie gebannt weiter anstarrte, bis sie sich in seinen Armen umdrehte und an ihn schmiegte. In diesem Moment schien sie wie auf einer samtigen Oberfläche zu schwimmen, bar jeder Zeit und jedes Raumes, bis ihr Gefühlsrausch abrupt endete, als er sie von sich stieß.

Völlig verwirrt griff sie sich an den Kopf. „Tut, tut mir leid..., habe ich was falsch...", stammelte sie, doch er sprang ihr ins Wort.

„Allerdings. Du hast Jonathan zu mir gesagt. Und irgendwie hatte ich das Gefühl, du bist nicht die, die ich kenne", erklärte er, seinen Blick abwendend.

Besorgt griff sie nach seiner Hand. „Wir müssen jetzt schnell handeln. Margarete kann nicht mehr warten. Sie sehnt sich danach wieder mit ihm vereint zu sein. Es stimmt, wir waren beide nicht mehr wir selbst." Sie strich mit den Fingern über sein Gesicht.

„Jetzt hast du wieder blaue Augen. Eine Farbe, die mir viel besser gefällt."

*

Nach einem flotten Fußmarsch von zehn Minuten, standen sie in der Winklerstraße. Viel hatten sie nicht gesprochen, die Aufregung ließ jeden Dialog verstummen. Alex wusste, wie viel es Lydia bedeutete herauszufinden, was geschehen war zwischen Margarete und Jonathan.

Das gesuchte Haus ragte inmitten der Neubauten wie ein vergessener Schatz auf. Es war ein Fachwerkhaus mit drei Stockwerken. Kunstvoll geschnitzte Balkenköpfe zeigten ein Muster aus wirbelnden Kreisen und die Details zeugten von der Kunstfertigkeit der Erbauer. Hinter den weißen Fensterrahmen sah man Spitzengardinen, und Lydia malte sich in ihrer Fantasie aus, wie Jonathan hier gelebt hatte vor hundert Jahren.

„Du bist sicher, dass es das ist?" fragte Alex, mit dem Finger auf das Haus deutend.

Aufmerksam nahm sie das Haus in Augenschein. Die Fächer-Rosetten an den Ecken zeigten bemalte mythische Figuren in heldenhaften Posen. Sinnierend blieb ihr Blick an diesen Bilderszenen haften, doch dieser Moment währte nicht lange, da Alex drängelte und sich schon zur Eingangstür vorarbeitete.

Sie zog ihn am Ärmel zurück. „Nein, warte!"

„Wir wollten klingeln und fragen, ob wir die freigewordene Wohnung besichtigen dürften. Unser Vermieter sei noch nicht angekommen und wir würden uns gerne schon mal das Treppenhaus ansehen", gab er völlig entspannt wider, was er sich vorher ausgedacht hatte.

„Diese Lügenmär glaubt doch keiner." Sie presste die Lippen aufeinander und seufzte.

„Sollen wir also zurück?"

„Nein, bitte mache doch ein Foto, ja?" entgegnete sie gedankenverloren und holte ihre Digitalkamera aus der Tasche, die sie ihm mit einem dankbaren Lächeln reichte.

„Und was willst du machen?" fragte er.

„Ich spüre nichts", antwortete sie, sich dem Haus unsicher nähernd.

Im gleichen Augenblick öffnete sich die Eingangstür des Hauses, und im Türrahmen stand ein kleiner, alter Herr mit Gehstock, der neugierig die Fremden vor dem Haus beäugte. Er überprüfte seinen Briefkasten, doch es war offensichtlich, dass der Inhalt des Briefkastens nur zweitrangig war.

Lydia fühlte sich verpflichtet, etwas zu sagen und das Interesse an dem Haus zu erklären. „Guten Tag, das ist ein sehr altes Haus", begann sie das Gespräch, unsicher zeigte sie auf Alex. „Er ist Architekt und macht Bilder von außergewöhnlichen Häusern. Er braucht das für seine Arbeit."

Alex zog bewundernd die Augenbrauen hoch. So eine schnelle Lüge wäre ihm nicht eingefallen. Wieder drückte er auf den Auslöser, und schien ganz zufrieden mit dem Ergebnis.

Der ältere Herr brauchte eine Weile, bis er aus dem Türrahmen trat und auf Lydia zuging. Seine Augen hinter der fleckigen Brille musterten sie weiterhin neugierig. „Das Haus ist auch was Besonderes", sagte er endlich. „Doch der Vermieter kommt seinen Verpflichtungen nicht hinterher. Das Haus steht unter Denkmalschutz. Und er muss noch dieses Jahr mit den Verbesserungen anfangen." Seine Stimme klang ein wenig atemlos. Die zittrigen Händen lagen übereinander auf dem Gehstock, um sich besser stützen zu können.

„Das sollte er auch. Dieses Haus verdient eine gute Behandlung." Lydia zeigte Solidarität und gab sich entrüstet.

„Ah, und ihr Freund ist Architekt. Er studiert Häuser!" Der Mann deutete auf Alex.

„Ja, er braucht es für seine Ausstellung", log sie weiter, ohne mit der Wimper zu zucken. „Sie wissen nicht zufällig, ob dieses Haus vielleicht auch eine interessante Geschichte hat?" Zwischenzeitlich hatte auch Alex sich genähert und grüßte den alten Mann.

„Ja, doch. Dieses Haus hat viel erlebt. Es hat während des Krieges standgehalten und einige Mal den Besitzer gewechselt." Er wollte seine Berichte detaillierter ausführen, doch Lydia sprang ihm ins Wort.

„Und davor? Das Haus muss prächtig gewesen sein, als es gerade erbaut wurde!"

Der alte Mann zuckte mit den Schultern. „Leider weiß ich nicht, wer der Erbauer war, aber auf dem Haus liegt ein dunkler Schatten. Man hat auf dem Hof hinter dem Haus ein Grab gefunden. Na ja, nicht wirklich ein Grab, eher eine Grabplatte. Als man den festgestampften Hof vor 30 Jahren in eine Gartenanlage umfunktionierte, wollte man die Grabplatte schon entfernen, da darunter kein Grab war, aber der jetzige Besitzer ließ diese Platte einfach nur verlegen - aus Respekt vor den Toten und den Angehörigen", schloss er kopfschüttelnd.

Lydia zeigte äußerlich keine Anzeichen von Aufregung, aber innerlich fühlte sie das Kribbeln der aufsteigenden Gewissheit.

Ihre Stimme klang beherrscht, als sie fragte: „Warum eine Grabplatte ohne Leichnam? Weiß man, wessen Grab es ist?"

Der Mann zeigte sich erfreut über das Interesse, und fuhr fort zu erklären: „Ein Name steht darauf! Obwohl der Besitzer des Hauses sich alle Mühe gegeben hat herauszufinden, was für eine Geschichte dahinter steckt, blieb er erfolglos. Er kontaktierte frühere Besitzer, nun..., die noch lebten. Es gab auch Gerüchte. Dieses Haus steht ja schon lange und einige aus der Nachbarschaft erzählten eine Geschichte über einen alten Mann, der hier bis zu seinem Tode gelebt haben soll, völlig geistig verwirrt. Er soll auf seinen Sohn gewartet haben, der nie zurückkam. Und das soll sich alles noch vor dem ersten Weltkrieg abgespielt haben. Sehr eigenartig." Der Mann rieb sich die kalte Nase. Er hatte sich keine Jacke übergeworfen und stand nur im Hemd und seinem Pullunder auf der Straße.

„Und der Name?" Lydia wollte es genau wissen.

„Oh, ich bin so vergesslich. Bin auch schon vierundachtzig." Er zuckte mit den Schultern, um seine Altersdemenz zu entschuldigen. „Schauen Sie doch selber. Die Grabplatte ist ja gleich hinterm Haus. Wird ihr Freund, der Architekt, auch eine Geschichte zu dem Haus schreiben?" Der Mann blickte erwartungsvoll in Alex' Richtung.

Alex räusperte sich und meinte entschuldigend: „Nein, ich werde keine Geschichte dazu schreiben. Es geht lediglich...", er suchte nach Worten, „um die Architektur des Hauses."

„Schade!" Der alte Mann wandte sich zum Gehen, und rief noch über die Schulter: „Kommen Sie. Sehen Sie sich die Grabplatte an."

„Ja, sehr gerne! Liebling, mach doch ein Bild davon! Vielleicht können wir es ja doch noch irgendwann verwenden!" meinte sie zu Alex gewandt und zwinkerte.

Es dauerte ein Weilchen, bis sie um das Haus zum Hof spaziert waren, da der alte Mann ein etwas gemäßigtes Tempo vorlegte, doch dann standen sie gemeinsam im Hof, umringt von den nebenstehenden Gebäuden, die den Hof einschlossen wie einen Kreis. Ein grasbewachsener Flecken mit Sträuchern, einigen Beetpflanzen und einem Zwetschgenbaum bildete den Mittelteil der Gartenanlage. Gesäumt wurde die grüne Oase von einem Kieselweg, auf dem sogar eine Bank platziert war, mit Blick auf den Garten.

„Sehr schön. Man hat einen wunderbaren Blick vom Balkon aus, das ist sicher", meinte Alex.

„Ja, ich wohne im Untergeschoss und sitze des öfteren mal auf der Bank. Ich sehe dann den Kindern beim Spielen zu. Meine Füße tragen mich nämlich nicht mehr sehr weit."

Lydia nickte. „Oh, verstehe." Sie berührte ihn sanft am Arm. „Und wo ist die Grabplatte?"

Er zeigte mit dem Finger hinter die buschigen Sträucher, die um die Oase herum gepflanzt worden waren „Dahinter. Man hat die Grabplatte etwas versteckt. Sie können sie nicht verfehlen, wenn sie den Kieselweg entlanggehen."

Alex holte wieder die Digitalkamera heraus und sagte mit einem zweideutigen Unterton: „Na ja, ist schon interessant, wie viele Menschen ihre Spuren in Häusern hinterlassen."

Der alte Mann blickte ihn fragend an, dann erwiderte er beipflichtend: „Ja, manche Bewohner benehmen sich furchtbar."

„Und manche gehen nie." Alex schaute nach Lydia, deren Kopf hinter den Sträuchern zu erkennen war. „Sie ist nun mal sehr neugierig! Ihre Geschichte hat sie sehr beeindruckt!" versuchte Alex zu erklären. Er drückte erneut auf den Auslöser der Kamera, dann überprüfte er das Ergebnis auf dem Display.

Lydia kam wieder zurück. Der Ausdruck von Aufgewühltheit war aus ihrem Gesicht gewichen.

„Und? Haben Sie die Grabplatte gesehen?" fragte der alte Mann, seine Brille war von seinem Nasenrücken auf die Nasenspitze gerutscht und er schob sie mit dem zittrigen Zeigefinger wieder hoch.

„Ja, sie ist aber so klein, gerade mal einen halben Meter. Sie ähnelt mehr einer Gedächtnistafel. Eine Gedächtnistafel für Jonathan Stein!" Die letzten Worte hatte sie sehr betont ausgesprochen und ihr triumphierender Blick flog zu Alex.

„Ja, sicher. So war der Name." Der alte Mann tippte sich an die Stirn.

Lydia reichte ihm höflich die Hand. „Ich danke Ihnen jedenfalls für die nette Auskunft. Es war sehr aufschlussreich."

„Ja, das war zumindest mal was anderes", gab auch Alex zu verstehen. Sie verabschiedeten sich noch einmal sehr wortreich, und ließen den Mann zwischen den Blumenbeeten stehend und kurz winkend zurück.

Wirklich gemütlich war es nicht in Lydias Wagen, als sie etwas näher zusammenrückten, um sich die Bilder anzusehen, die er mit ihrer Digitalkamera gemacht hatte. Die Ansichten des Fachwerkhauses waren gut gelungen. Sogar die kleinen Details der Balkenköpfe hatte er fotografiert und anerkennend erklärte Lydia: „Man merkt, dass du Architektur studiert hast. So detailliert brauchtest du das Haus eigentlich nicht zu fotografieren, aber ich bin beeindruckt."

„Danke, warte, bis du die anderen Aufnahmen gesehen hast", sagte er beiläufig, während er die Taste drückte, um die anderen Bilder auf dem Display der Kamera anzusehen.

Schmunzelnd betrachtete sie sein Gesicht, das konzentriert auf den Display starrte. Jetzt erst bemerkte sie, wie blass und verstört er war. Seine Augen suchten ihren Blick, und er schob ihr die Kamera zu, ohne ein Wort zu sagen.

Ihre Kehle wurde trocken. Lydia zögerte, aufs Display zu schauen, doch dann fanden ihre Augen sich selbst inmitten der Gartenanlage, platziert in einer hübschen Szenerie. Wäre da nicht dieser dunkle Schatten an ihrer Seite gewesen, hätte man das Bild als durchaus harmonisch und friedlich bezeichnen können.

*

Eine Stunde später saßen sie entspannt in der kleinen, familiären Pizzeria „Da capo", die Reste des Mittagessens vor sich auf dem Teller. Lydia hörte nicht auf, den Stiel des Weinglases nervös zwischen ihren Fingern zu drehen. Auf ihren Wangen zeigten sich rote Flecke, was deutlich machte, dass ihr der Wein schon zu Kopf gestiegen war. Zum Draußensitzen war es leider noch zu kalt, deswegen saßen sie an einem Fenstertisch, von wo aus sie einen ebenso schönen Ausblick auf die Pegnitz hatten, auf der so gut wie keine Welle trieb.

„Wenn du das Weinglas noch länger drehst, wird dir noch schwindelig werden", frotzelte er, sein eigenes Glas auf einmal leerend.

„Bitte, sag mir, dass du mir endlich glaubst!" flehte sie, als sie nach seiner Hand griff.

„Das tue ich schon lange, Lydia. Ich wollte dich nur beschützen. Im Haus meiner Großmutter geht ein einsamer und irrer Geist um, und ich wollte nicht, dass er von dir Besitz ergreift. Das war alles!"

„Vielen Dank. Du hättest mir die Wahrheit sagen können."

„Jetzt kennst du die Wahrheit, aber ich denke, wir sollten lieber abhauen und diese Geister sich selbst überlassen", entschied er gestikulierend.

Vorwurfsvoll blickte sie ihn an. „Nein, nicht jetzt, wo ich das Rätsel gelöst habe."

Alex schnaufte verständnislos durch die Nase. „Welches Rätsel denn? Wir wissen nicht das geringste über Jonathans Dahinscheiden. Gut, wir haben seine Grabplatte oder Gedächtnistafel gefunden – was auch immer - die sein Vater höchstwahrscheinlich in Auftrag gegeben hat? Wo er begraben liegt, wissen wir allerdings nicht! Wann er gestorben ist, wissen wir auch nicht! Es bleibt also ein Rätsel."

„Sein Vater hat auf ihn gewartet. Doch Jonathan Stein kam nie wieder zurück. Also hat er seinen Sohn für tot erklärt und eine Grabplatte anfertigen lassen mit den Worten <Du warst mein ganzer Stolz im Leben und im Tode. Es betrauert dich dein liebender Vater>." Es entstand eine kurze, geräuschlose Pause zwischen ihnen.

„Das stand also drauf!" Alex kratzte sich am stoppeligen Kinn.

Lydia nickte stumm. Sie konnte an seinem Gesichtsausdruck erkennen, was er gerade dachte.

„Ist schlimm, nicht zu wissen, welches Schicksal dein Kind ereilt hat!" sagte er stirnrunzelnd und schenkte ihr und sich noch den Rest des Rotweins ein.

Lydia lehnte sich in ihrem Stuhl zurück und verschränkte die Arme vor der Brust. „Ich habe eine These! Jonathan ging zu Margarete, um sie davon zu überzeugen, mit ihm zu fliehen. Doch irgendwas ging schief. Er hinterließ einen Brief. Und verschwand. Margarethe hat den Brief nie gefunden und wartet immer noch auf ihn."

„Aber wo liegt Jonathan begraben?"

„Wir müssen zurück ins Haus und alles beenden, Alex! Heute noch! Sonst wird sie keine Ruhe geben" meinte sie mit plötzlich wieder klarer Stimme.

Seine Miene verfinsterte sich. „Ohne mich. Ich betrete dieses Haus nicht mehr. Manche Dinge sollte man auf sich beruhen lassen. Wir haben keine Ahnung von diesen okkulten Dingen."

„Darum geht es doch nicht. Sie wollte wissen, wo er ist. Sie hat nach ihm gerufen in der Dunkelheit, und er kam nicht. Wie viele Jahre ruft sie schon nach ihm?" Ihre Stimme klang brüchig, so als ob es sie selbst beträfe.

Alex wandte den Kopf ab, als interessiere ihn mehr das Geschehen an den anderen Tischen. Ein Kellner kam herbei, um die Teller abzutragen, dabei erkundigte er sich, ob alles zu ihrer Zufriedenheit sei, was beide mit einem Lächeln bejahten und noch zwei Kaffee bestellten.

Sobald der Kellner sich von ihrem Tisch entfernt hatte, fuhr Alex fort: „Dann lass *sie* rufen. Ich werde meiner Großmutter raten, das Haus von diesem Geist zu säubern. Von Leuten, die etwas davon verstehen", sagte er mit gespielter Gelassenheit.

„Du verstehst nicht. Ich kann *ihr* helfen", antwortete sie ge-
reizt. Ihr Enthusiasmus wurde immer wieder durch seine rationale
Haltung gedämpft. Natürlich begrüßte sie, dass er vernünftig
dachte und zur Vorsicht mahnte, doch sie hätte sich ein wenig
Vertrauen von ihm erhofft.

„Ich habe Angst um dich!" gestand Alex. „Ich möchte nicht,
dass du in die Villa zurückgehst."

„Ich werde auch nicht allein gehen. Du wirst mit mir
kommen!"

❧ *9. Kapitel* ❧

Über der alten Villa hingen dunkle Wolken und tauchten die
Lichtung und die baumbestandene Wiese in ein kaltes Grau. Vor
dem dichten Hintergrund der hohen Fichten hob sich die helle
Fassade des Hauses in trauriger, unheimlicher Anmut hervor. Es
war später Nachmittag, und bald würde die Dämmerung einsetzen. Erwartend und still zog es die sich nähernden Gäste mit
seinen imaginären Armen an sich. Selbst das kleinste Rascheln im
Gestrüpp brachte Lydia aus ihrer Ruhe, als sie auf das Haus
zusteuerten. Sie folgten dem erdgestampften Weg zum vorderen
Hauseingang. Unter ihren Schuhen knackten Zweige, worauf sie
wie ein ängstliches Kind zusammenfuhr. Sie entdeckte Dinge, die
ihr bisher nicht aufgefallen waren an diesem alten Haus. Der
geschwungene Treppenaufgang führte von zwei Seiten hinauf zur
überdachten Tür mit den zwei Steinsäulen. Über das mit Rissen
durchzogene Treppengeländer hatten sich Schlingpflanzen ge-
wickelt, die wie Schlangen ihre Beute nicht mehr losließen. Lydias
Handflächen waren feucht, als sie wartend vor der Türe stand,

140

während Alex in wachsender Besorgnis den Schlüssel im Schloss umdrehte.

„Bereit?" Er sah sie durchdringend an.

Sie nickte nur, und ging voran. Die kalte Luft umfing sie wie eine eisige Umarmung. Bibbernd schlang sie die Arme um sich zum Schutz gegen die Kälte, die langsam in ihre Glieder drang. Sie strebte zu den Treppen, die ins Obergeschoss führten, Alex war genau zwei Schritte hinter ihr. Ihre Augen suchten in dem Raum ihrer ersten Begegnung mit Margarete nach etwas Silbernem. Dort in die Ecke hatte sie das Medaillon geworfen, in den Staub und Dreck vergangener Jahre. Behutsam hob sie es auf, entfernte den Staub von der Oberfläche und hängte es sich um den Hals.

„Wo hat Irene das Medaillon gefunden?" wollte Lydia noch einmal wissen.

„Ich weiß es nicht genau. In einer Kiste auf dem Dachboden, denke ich. Aber soviel ich weiß, hat einmal Onkel Karl ein Schmuckstück im Garten ausgebuddelt, als er einen Teich anlegen wollte. Es war auch ein Medaillon, da bin ich sicher! Vielleicht hat er es in die Kiste gelegt - zu den anderen Erinnerungsstücken."

Lydia nickte. Ihre Kehle war trocken wie kurz vor dem Verdursten.

Hinter sich hörte sie Alex' Schritte knirschen auf dem Holzboden, als sie in einen weiteren Raum traten, dessen Fenster auf einen Garten hinausgingen, der nun überwuchert war von Unkraut und Dornensträuchern. Unter einem schmalen Erkerfenster bot eine Sitzbank Platz für zwei Leute. Bevor die beiden noch ein Wort wechselten, saßen sie zusammen auf dem morschen Holz, das gefährlich knarrte, als sie sich dort niederließen.

„Warum sind wir hier? Dieser Raum…" Alex unterbrach sich selber, blickte plötzlich stumm zur Tür. Obwohl viel Licht durch das Fenster drang, füllte sich der Raum mit einem dunklen Nebel, der durch die Tür hereinschwebte. Alex hörte Lydias unverständliches Brabbeln neben sich, wandte den Kopf und musste erkennen, dass sie in einen Schlaf gesunken war, obwohl sie aufrecht saß. Ihr Kopf war nach unten gesackt, ihr Haar fiel nach vorne wie ein Vorhang, der ihr Gesicht verhüllte.

„Nein, nein, ich lasse das nicht zu. Verschwinde aus diesem Haus. Er wird nicht kommen. Er wird nie wieder zurückkommen. Er hat das Land niemals verlassen. Er hat dich niemals verlassen. Verstehst du?" schrie er in den Raum hinein, sprang auf und fuchtelte wild mit den Armen um sich, als könnte er damit den Nebel vertreiben. „Er ist tot. Er konnte nicht zurückkehren, weil er tot war. Du musst ihn in deiner Welt suchen, nicht in dieser." Er kämpfte mit den Worten und versuchte durch den Nebel wieder zu Lydia zu gelangen, doch die Dunkelheit umhüllte in wie in einem dunklen Loch. Stille setzte ein, so plötzlich, dass er nur noch das Rauschen in seinen Ohren hörte. Er blinzelte mit den Augen, als müsste er sich erst davon überzeugen, dass er nicht einer Sinnestäuschung erlegen war. Die Dunkelheit begann sich aufzuhellen, wie bei einer Aufblende kamen die Farben zurück, zuerst verwischt, dann wurden sie klarer. Seine Haut war eiskalt, sein Atem flach. Er glaubte, einen Druck auf seiner Brust zu spüren, doch es war nur die Angst, die ihm die Luft nahm. Erleichtert blinzelte er erneut durch einen Schleier, der ihn ein Interieur aus einer anderen Epoche erkennen ließ. Violette Vorhänge, dunkle mit Ornamenten versehene Holzmöbel mit Gobelinpolsterung. Seine Füße standen auf einem verblichenen

Teppich, der vorher nicht hier gewesen war, angsterfüllt versuchte er einen Rückzug und ging rückwärts auf die Tür zu, nur um zu erkennen, dass keine Tür vorhanden war. Er tastete sich an der Wand entlang, in eine Ecke, doch sein Blick haftete an der Szene, die ihm dargeboten wurde. Zuerst konnte er die Silhouette einer Frau erkennen, die ihm den Rücken zuwandte und am Kamin stand. Aber das Bild wurde deutlicher, und er entdeckte, dass sie irgendwie über den schmalen Kaminvorsprung gebeugt war - ein Arm lag darauf und ihr Kopf suchte Halt in der Armbeuge.

Wimmernde Laute, menschenähnlich, doch aufdringlicher und schmerzerfüllter, als er es sich jemals von einem menschlichen Wesen hätte vorstellen können, durchbrachen die Stille, wofür er fast dankbar war. Seine Erleichterung hielt aber nicht lange an, denn nun wurde er unfreiwillig Zeuge eines dramatischen Schauspiels. Obwohl Margarete immer noch am Kamin stand, wandte sie nun ihren Blick einem Punkt zu, der Alex verborgen blieb. Er konnte einen gutaussehenden Mann in einem feinen Anzug erkennen - ohne Zweifel Jonathan Stein – und gerade das Zimmer betretend, doch aufgewühlt und ihren Namen rufend, in einer Weise, die Unverständnis und Schmerz ausdrückte.

Die ganze Zeit über sah sie ihn mit tränenüberströmtem Gesicht an, nicht fähig zu antworten. Der Grund für ihre aufgelöste Fassung bewegte sich wie ein dunkler Schatten in das bizarre Bild. Ein graues Gebilde, aus dem sich eine männliche Gestalt hervortat, die etwas älter und untersetzter war, bedrohte Jonathan mit einer Waffe. Seine Stimme klang blechern, kalt und schrill.

Mach, dass du fortkommst. Meine Tochter will dich nie wieder sehen. Margarete schüttelte den Kopf, ihr Schluchzen erstickte ihre Worte.

Margarete. Ich werde wieder kommen.

Jonathans Worte klangen wie ein Versprechen, als er unsanft hinausbefördert wurde. Dann fiel die Finsternis wieder wie ein Klappe auf ihn herunter. Nichts als diese unsägliche Stille, in die sich erneut ein neues Bild mischte. Es war eine andere Szene. Jonathan schrieb einen Brief, hastig und mit gehetztem Blick zur Tür. Er wartete, als hörte er Schritte, dann faltete er den Brief zusammen und sah sich unsicher im Raum um. Seine Augen blieben auf dem Kaminsims haften, verweilten auf der Kaminuhr. Etwas später schon machte er sich an der Uhr zu schaffen, den Brief darin verstauend. Eine Frau betrat nun den Raum, vom Alter her konnte sie Margaretes Mutter sein.

Sie will Sie nicht sehen. Kommen Sie nicht wieder.

Alex blieb wieder die Luft weg. Dieser Nebel verdichtete sich wieder und Margarete stand vor ihm. Die Szene wirkte visuell verstörend auf ihn, da sich alles zu bewegen schien - selbst der Kamin und die Möbel verzerrten sich unter seinen Blicken. Nur Margarete behielt ihre gespenstische Schärfe, gefangen in einer Szene aus vergangenen Zeiten. Es war wieder still, obwohl Margaretes Gesten verrieten, dass sie weinte. Eine unangenehme Kälte stieg von Alex' Füßen hinauf in seine Glieder. Instinktiv fühlte er, dass er nicht mehr lange nur Zuschauer bleiben würde. Ihre Gestalt wandte sich ihm zu. Erschreckend schnell schien sie sich ihm zu nähern, als schwebte sie heran mit ausgestreckten Armen. Dann sah sie ihm die Augen und er fühlte Kälteschauer durch seinen Körper strömen. Ihr Gesicht war so weiß, dass die Augenhöhlen wie zwei dunkle Kreise wirkten. Sein Herzschlag setzte für einen Moment aus, die Farbe wich aus seinem Gesicht.

Ein eigenartiger Widerhall begleitete ihre Worte, als kämen die Worte aus dunkler, ferner Tiefe.

Er kommt nicht. Ich kann ihn nicht finden.

Er drehte den Kopf weg und schloss die Augen. Wie ein gleißender Lichtstrahl traf ihn eine Explosion am Brustkorb. Seine Hände wanderten über seinen Körper, aber langsam, fast wie in Trance. Er fühlte keinen Schmerz, obwohl er eine Wunde ertastete, aus der Blut quoll. Offenbar arbeitete sein Kopf noch, obwohl er diesem Schreckenskabinett ausgesetzt war, und ihm wurde langsam bewusst, dass er nicht *er* war. Etwas hatte von ihm Besitz ergriffen, denn als plötzlich das Licht einer Taschenlampe auf ihn gerichtet wurde, blickte er in Lydias Augen, die ihm direkt ins Gesicht leuchtete. „Jonathan, ich weiß wo du bist", sagte sie.

Dunkelheit umwallte ihn erneut, doch diesmal kam sie mit einer plötzlichen Kraft und riss ihn zu Boden. Er brauchte eine Weile, um sich wieder zu fassen, doch als der Raum erneut einem alten, verstaubten und verlassenen Zimmer glich, wusste er, es war vorbei. Etwas irritiert nahm er Lydias Spur auf, die durch den unkrautübersäten Garten hinter das Haus führte. Er folgte einem Trampelpfad, der im Wald endete und wo er ihre Spur verlor. Ihr lindgrüner Anorak blitzte aber zwischen den Baumstämmen hindurch, worauf er eiligst über das Unterholz hechtete zu der Stelle, an der er sie endlich einholte. Sie war in der Hocke, den Rücken ihm zugewandt. An ihren schnellen Bewegungen konnte er erkennen, dass sie etwas ausgrub. Die Art, wie sie es tat, erinnerte ihn an einen Hund, der eine Spur witterte und völlig besessen die Erde aufwühlte.

„Lydia, was um Gottes Willen ist los? Was tust du da?" Er näherte sich ihr langsam, um sie nicht zu erschrecken, stellte sich vor sie und musste beobachten, wie sie mit bloßen Händen bereits ein kleines Loch in die feuchte Erde gegraben hatte.

Sie achtete nicht auf ihn, reagierte nicht einmal auf sein mehrmaliges Ansprechen, bis er realisierte, dass sie wie im Wahn ihre Hände blutig aufgeschürft hatte.

Er kniete sich neben sie hin, nahm ihre Hände, um ihr Einhalt zu gebieten, doch sie wehrte sich mit ihren kraftlosen Armen – nur solange, bis sie erschöpft in seinen Armen zusammensank.

„Hör auf damit, es ist gut!" sprach er zu ihr, wie zu einem kleinen Kind.

Sie blickte ihn aus großen, weit geöffneten Augen an, ihr Mund geöffnet, in der Absicht etwas zu sagen, doch nur gurgelnde Laute kamen über ihre Lippen. Eine andere Stimme sprach jedoch mit quälender Leidenschaft und Beständigkeit zu ihm.

Findet ihn. Findet ihn schnell.

Wie ein Flüstern drangen die Worte ohne Unterlass an sein Ohr. Mittlerweile verstörte es ihn nicht einmal mehr.

Fast zaghaft fuhr er mit seinen Finger über ihren Mund, um diesen Wahnsinn zu beenden, als sie die Augen schloss und wie eine bewegungslose Puppe in seinen Armen lag.

Er rief ihren Namen und fuhr mit der Hand über die Konturen ihres Gesichtes, als er spürte, dass ihn etwas beobachtete. Eine Unruhe packte ihn und er fühlte die Bedrängnis dieses Blickes. In der Bewegung hielt er inne, sein Kopf fuhr herum zum Fenster hinter dem verwilderten Garten. Die Silhouette einer Frau zeichnete sich hinter den dreckigen Fenstern ab, doch sie löste sich in wenigen Sekunden wieder auf, um geisterhaften Schatten auf Wänden und Boden zu weichen.

Liebster, bist du doch gekommen.

EPILOG

Das Haus auf der Lichtung bot nun einen freundlichen Anblick. Mit neuen Fenstern, hellen, frischen Vorhängen, die fröhlich durchschimmerten, wirkte es viel einladender als vor zwei Monaten. Noch war die Sanierung und die Renovierung nicht abgeschlossen, aber es tummelten sich überall im Haus Handwerker, die geschäftig umhersprangen. Irene hatte jedenfalls nach den ganzen unleidigen Geschehnissen einen guten Preis für die Villa erzielt. Besorgniserregend war allerdings Lydias Zustand gewesen. Doch nach einer kleinen Erholungsreise mit Alex war sie wieder völlig hergestellt. Es schien aber auch ein merkwürdiger Zufall gewesen zu sein, dass sie auf Lydias Drängen hin, ein kleines Waldstück umgegraben hatten und tatsächlich auf menschliche Knochen gestoßen waren. Lydia war immer noch felsenfest davon überzeugt, dass die Überreste Jonathan Stein gehörten, und da sie nun einem Friedhof überführt worden waren, hatte die unheimliche Erscheinung ihren Frieden zurückgewonnen. Das Haus schien also gesäubert. Nach weiteren Recherchen war man zu dem Ergebnis gekommen, dass Margaretes Vater Jonathan Stein ermordet und im Wald vergraben hatte, um seine Tochter zu schützen. Nur so konnte man sich Jonathans Verschwinden erklären und Alex unterstützte diese Theorie, da er Zeuge dieses geisterhaften Schauspiels geworden war und des tiefgehegten Hasses.

Lydia und Alex schlenderten den Weg zur Villa entlang, händchenhaltend, während Maria und Irene hinter ihnen hertrotteten und vielsagend über die Verliebten lächelten. Es war Sonntagmorgen und die Baustelle vor dem Haus war verlassen.

Der nebenanliegende Parkplatz schmiegte sich von der Nordseite an das Haus heran, seine Fertigstellung erwartend. Vereinzelt lagen Holzplatten, Ziegel und Handwerkszeug herum. Ein Betonmischer stand am Fuße der Eingangstreppe und wartete ebenfalls auf seinen Einsatz.

„Unglaublich. Ich kann mir nicht vorstellen, dass aus meinem Haus ein Bürokomplex wird!" erklärte Irene mit einem Seufzer, worauf Lydia sich lächelnd zu ihr umdrehte.

„Nun hat es eine neue Bestimmung", erwiderte Alex nachdenklich, fügte allerdings in einem scherzenden Tonfall hinzu: „Und es ist nicht mehr dein Haus! Dafür kannst du jetzt natürlich deiner Bestimmung nachgehen – dem Geldausgeben." Irene schnalzte mit gespielter Missbilligung.

Maria trat an Lydia heran und flüsterte ihr ins Ohr: „Meinst du, es wird wieder von so einem Plagegeist heimgesucht werden?"

„Ich glaube, es gibt auch genügend Plagegeister in der Welt der Lebenden. Vor allem im Büroleben! Davor können wir das Haus nicht schützen." Lydia warf Alex einen verschmitzten Blick zu.

Sie standen noch eine Weile da und beobachteten das Haus, kommentierten die Arbeiten am Haus und befanden, aus dem Anwesen könne durchaus noch was Anständiges werden. Als sie den Rückweg antraten, und ihre Schritte auf dem Kies sich vom Haus entfernten, legten sich schwebende Schatten über das Haus, mit der Absicht, hier zu wachen und zu bleiben.